长篇报告文学

# 高危时刻

GAOWEI SHIKE

王锦秋　洪建国◎著

時代文藝出版社

图书在版编目（CIP）数据

高危时刻 / 王锦秋，洪建国著. —长春：时代文艺出版社，2017.6

ISBN 978-7-5387-5455-1

Ⅰ. ①高… Ⅱ. ①王… ②洪… Ⅲ. ①报告文学—中国—当代 Ⅳ. ①I25

中国版本图书馆CIP数据核字（2017）第101968号

出 品 人　陈　琛
产品总监　郭力家　邓淑杰
选题策划　方　伟
责任编辑　方　伟　杨　迪
装帧设计　孙　利
排版制作　张　月



高危时刻

王锦秋 洪建国 著

出版发行 / 时代文艺出版社
地址 / 长春市泰来街1825号　时代文艺出版社　邮编 / 130011
总编办 / 0431-86012927　发行部 / 0431-86012957　北京开发部 / 010-63108163
网址 / www.shidaicn.com
印刷 / 三河市万龙印装有限公司
开本 / 710mm × 1000mm　1 / 16　字数 / 160千字　印张 / 12.5
版次 / 2017年6月第1版　印次 / 2017年6月第1次印刷　定价 / 38.00元

图书如有印装错误　请寄回印厂调换

# 出版说明

《大国担当——中国人民解放军援塞医疗队抗击埃博拉疫情纪实》自2016年4月出版后，即被选入“十三五”国家重点图书出版规划项目，获得中国图书评论学会颁发的“2016中国好书”。

为了突出其文学性及细节感，提升其更为纯粹的“纪实性”品质，作者在原文稿的基础上，对叙述方式、内容及结构进行更加客观的调整；同时，在创作《大国担当——中国人民解放军援塞医疗队抗击埃博拉疫情纪实》时，作者积存了大量未曾使用的原始材料，在创作本书时，除了对材料再次进行细致甄选，补充某些遗漏的珍贵资料外，还对行动的参与者进行了深度的采访，查阅了大量的相关医学及背景材料，对现场所发生的事件又做了逐一核实，使整个文本的品质有了进一步的提升，“更加靠近事实”，终于完成了新文本——《高危时刻》。

本书主要采取口述实录的方式，其个体性的特征更为明显，细节性和现场感更为突出，更加真实地还原了这次震憾世界的突发瘟疫，以及中国防疫医务人员在参与国际救援行动中令人肃然起敬的表现。

# 前　言

“那两个多月发生了很多事，事后想起来感觉就像梦一样，只有个模糊的印象，某些惊险的片段还能偶尔想起来。但即使是当时感到很震撼的场景，现在看起来也有不过如此的感觉。一起同去的战友聚会时会谈起那段往事，他们谈到某个细节时，我有时会惊讶地问‘是吗？我给忘记了’，我甚至不太相信‘历历在目’的说法，记忆总是不断地退化。”

关于援塞队员怎么看待那段日子，上边这段话很有代表性。

也有人说：“怎么会忘记呢？有时候做梦都会回到那个现场。”

面对不同的受访者，你会发现，要还原最真实的情景非常困难，口述虽然是最直接的解决办法，但事实是，记忆多多少少都是有缺陷的，每个人的关注点也不一样，口述材料使用起来要相当慎重，并且当事人已经过了最佳的记忆期，细节会有所遗漏或不准确；还有不少人不愿意再去回忆，部分是因为当下大量新鲜的工作和生活内容充斥着大脑，淹没了以往的记忆，还有一些人是想要忘记那段“残酷”的经历。

即使是这样，我们还是采用了“挤牙膏”式的采访方式，力图在共同回忆的基础上建构起真实的文本。本书由以下几部分内容构建而成：来自不同亲历者的讲述，彼此相互印证；他们在极端繁重和危险的工作之外积累下来的文字材料、图片和新闻稿件；一些日记和工作总结；当然，大量的背景材料的收集也是必不可少的。

援塞医疗队在塞拉利昂这 185 天发生了什么，也许用下面这一段简短的汇报材料就可以概括出来：

中国人民解放军援塞医疗队在半年时间内独立担当重灾区塞拉利昂的防治任务。医疗队3个批次114名官兵，通过185天的接力奋战，共收治埃博拉疑似患者773例，确诊285例，埃博拉患者治愈率51.23%；在20多个国家援救队伍中，创造了全体队员无一例感染的救援纪录；培训塞方工作人员500余人次；配制药品套餐1200余份，调剂药品124批次，发放各类耗材69780件，配制消毒液35.7吨。

我们不想队员们那段鲜为人知的经历，被这样几个数字就简简单单地打发过去，任其轻易湮没。过去总是太容易忘记了，我们努力用真实的文字尽可能多地记录下一些片段，我们要用所有参与者交错的记忆告诉读者：有人在你不知道的地方拯救生命，那个地方叫塞拉利昂；他们不应该被忘记，他们中有人为了国家使命几乎献出了生命，却从不在意是不是有人会记得他们。他们所做的，正如《希波克拉底誓言》所言：无论到了什么地方，也无论需诊治的病人是男是女、是自由民是奴婢，对他们我一视同仁，为他们谋幸福是我唯一的目的。

2017年1月1日

# 目　录

# 序　幕

# 接　触

这次疫情暴发于几内亚。

2013 年 12 月，在几内亚与利比里亚交界地带，有 55 个人莫名其妙地死去。非洲的传染病比较多，当时还以为这些人是死于拉沙热，没有人会想到是埃博拉，因为埃博拉还从没有在西非流行过。2014 年，两个利比里亚妇女去几内亚参加了一个葬礼，回来之后两人便开始发烧，而且很快死去。利比里亚有一位在中非工作过的官员，觉得这两个妇女的症状很像被埃博拉病毒感染了，他建议把标本送去检测。由于这样的检测在非洲无法实现，于是送到了法国巴斯德研究所，果然检测出了埃博拉病毒。紧接着 3 月，疫情在利比里亚暴发，随后传到了塞拉利昂。

经塞拉利昂卫生部确认，国内首个病例是一名因高热和流产到凯内马医院就诊的年轻女性，她由于参加了几内亚一名死于埃博拉的医生的葬礼而感染上病毒，葬礼上还有其他 13 名妇女，正是她们将病毒从几内亚带到了塞拉利昂。那位几内亚东部边境小村的医生，自称有治疗埃博拉的非凡能力，却最终命丧埃博拉。在那个医生的葬礼上，前来的悼念者也被感染，随之引发了一连串感染、死亡、葬礼和更多感染的连锁反应。

2014 年 3 月 17 日，中国援助几内亚医疗队的队员，在几内亚首都科纳克里的中几友好医院外接诊一名当地的男性患者，这位病人的病症表现为发热、呕血、瞳孔异常和腹痛，CT 检查为颅内出血。虽经积极救治，但患者高烧不止，左眼的白眼球消失，变成恐怖的红色，随即因抢救无效死亡，后来其被证实为科纳克里的第一例埃博拉患者。

中国援助几内亚医疗队的队员曹广一直用微博记录着援非的生活，他是来自北京市安贞医院的一名外科医生。3 月 25 日，他写道：“这次埃博拉病毒流行已经造成59人死亡。我们病房目前也是比较危险的地方……所有腹痛发热出血患者，都会收到我们病房……”[①]

医院内与病人有过接触的6名医生护士感染了埃博拉病毒，他也成为接触埃博拉患者的第一位中国医生。3月26日，他和另外一名中国医生同时进行隔离观察。

即使面临着死亡的危险，他仍然不间断地在微博上发布着事情的进展：

> 今天我决定向大家汇报一个非常悲痛的消息，和我一起工作的医生Dr Gassimou，还有我们科一名护士Madamu Camara，因为在工作中感染了埃博拉病毒，导致死亡。我也因为曾经接触过患者，以及同Gassimou一起手术过，而接受隔离观察。今天是我接触患者后第18天，和Gassimou最后一次手术接触后第11天。
>
> 这是我当医生以来第一次看见同事牺牲，他们的死让我感触很多。在非洲工作，会有这种生命危险，作为一名医疗队员，我真正能体会到前辈们援非的艰辛。由于我是当事者，心理上的压力更是巨大。病毒带走了我的两名同事，还有一名在留观期间，我真的能幸免吗？希望自己命大吧。
>
> 埃博拉感染后发病到死亡时间较短，这看起来虽然残酷，但对于其他个体来说，也并不是坏事。我所接触的那名患者临终前的表现，确实令人胆寒，见一次便会记忆终身。

4月14日，隔离观察期结束，他与死神擦身而过，终于可以松了一口气了：

---

① 引自曹广个人微博，下同。

……终于不用再麻烦队友们给我打饭了。我们目前的状态其实还是很稳定的。每日三餐、锻炼、门诊照旧，只是减少和当地人接触，即便是上街也尽量避免过多接触。买生活必需品大多依靠当地人来送。队员的精神状态也还不错，只是希望疫情能进入平台期，让大家歇口气吧。现在我们最担心的就是航班能否正常运行，以及回家以后是否需要强制隔离。

在塞拉利昂首都弗里敦市，中塞友好医院的中国援非医疗队的医生们处于同样危险的境地。埃博拉疫情5月份在塞拉利昂开始变得严重，但仍有20多名中方医务人员和30多名当地员工坚持工作。他们保持高度警惕，加强了防护措施，佩戴上口罩和手套，穿上了隔离衣。

7月31日凌晨2时，医院接诊一名特殊的患者，中国医生是在有防护措施的情况下对其进行了常规检查。8月1日晚7时，患者出现了昏迷，立即安排抢救，不久塞拉利昂卫生部的专家就来到医院。这名病人原来是当地防疫中心的一名护士，几天前就开始发烧，防疫中心怀疑她感染了埃博拉病毒，于是对她进行抽血送检，在等待检测结果的时候，病人自知情况不妙，于是私自跑到医疗条件较好的中塞友好医院求医。这名护士在被确诊感染埃博拉病毒4个小时后，不治身亡。

中塞友好医院随即关闭。亲临现场的新华社记者在8月16日的报道中写道，中塞友好医院门诊大厅的分诊台上，一本患者资料登记簿记下了关闭的日期：8月1日。到处弥漫着消毒后氯水的气味，一些医疗垃圾还未做处理。就是在那天晚上，与病人接触过的7名中方、10名塞方医务人员全部就地隔离观察。十分幸运的是，他们未出现被埃博拉感染的症状。

医院的大门紧闭，由全副武装且佩戴口罩的军警把守，往来人员必须查明身份，并经过重重确认才放行。曾接治过埃博拉确诊病患的门诊楼已经关闭，住院楼的病人也全部撤出，整座医院显得异常空荡。发现确诊病例后，塞卫生部和医院对整个院区进行了两次彻底消毒。

在门卫室里，军警和医院保安戴着手套并排而坐，他们面前摆放着一桶含氯消毒水。塞方的10名人员被隔离在医技楼，医技楼后面是被隔离的中方医务人员所在的住院楼，被隔离的医务人员住在2层，医院安排了专人每天送饭。他们也不是与世隔绝的，这里有互联网接入，与外界联系畅通，剩下的时间就是等待。除了被隔离人员外，其他中方医护人员待在一座专家楼里。此前，在首都弗里敦市金哈曼路医院工作的一名中国医生也曾因为接诊埃博拉确诊病人而接受隔离，但已经排除了感染的可能。

在利比里亚首都医院，中国援利比里亚医疗队仍坚持接诊。利比里亚外交学院院长科内表示："在我们急需外界帮助的关键时刻，中方多次提供的援助将有力帮助利比里亚抗击疫情蔓延。"①

几内亚国际合作部亚洲司官员凯塔接受采访时说："埃博拉疫情暴发后，中国是第一个向几内亚提供帮助的国家，到目前为止已向几内亚提供了4批援助物资。中国提供的援助令所有几内亚人感动。"②

8月上旬，中国疾控中心派出了9名公共卫生专家分3组前往几内亚、利比里亚、塞拉利昂3国支援抗击埃博拉疫情，对当地的防疫工作人员进行疫情控制培训。此外，中国还援助了物资，包括3000套防护服。

很少有人知道，自从新中国成立后，已经有近23000名中国医务人员来到非洲，一个省对应支援一个国家，每个省都会派出专门负责医疗援助的援非医疗队，长年驻扎在那里。湖南省对应支援的是塞拉利昂，曾经向塞拉利昂派出了16批医疗队，总人数达210人，接诊病人200多万人次，开展手术20多万例。

9月10日，来自《人民日报》记者的现场报道中显示，由于疫情的影响，经营塞拉利昂航线的9家航空公司中有5家已经暂停航班，记者是从南非用了近20小时才来到塞拉利昂首都弗里敦。他采访了在金哈曼路医院

---

① 《人民日报》2015年5月31日3版。

② 同上。

刚刚结束21天隔离观察的中国医疗队医生王煜，王煜告诉他说："刚开始几天，我有些坐卧不宁，白天想睡又睡不着，晚上会失眠，辗转反侧，生活没有规律，心中感到失落、孤独，还有恐惧。以前的埃博拉是抽象的，没有想到会一下子落在自己头上。塞拉利昂在内战后刚有些好转，这一下埃博拉又把所有人都吓跑了，不知道还会持续多久。"

记者走在路上，很多人还会大声地向他打招呼，一旦他戴着手套和口罩出门，周围的人就会用怪异的眼光看着他，一些孩子还上前好奇地打量着被汗水湿透的手套。在药店里的一次性手套一副2000利昂（约合0.44美元），免洗消毒液13000利昂（约合2.89美元）。也就是说，一副一次性手套足够买两块面包，这些防护药品被大部分当地人当成了奢侈品，因为病毒抵不过饥饿。许多西方人远离塞拉利昂的时候，中国医生、中国企业选择坚守阵地。

肯尼亚航空宣布自9月20日起暂停飞塞拉利昂的航班，而实际上，18日和19日的航班都被取消了。法航虽然官方未宣布取消飞塞拉利昂的航班，但法航机组人员表示拒绝飞往塞拉利昂。以前还有从弗里敦开到几内亚科纳克里的船，那时候船也没有了。仅剩下飞往摩洛哥和布鲁塞尔的飞机，机票几乎抢购一空，而且购买机票的人也在担心自己的航班是会被保留还是在最后一分钟被取消。[①]

据联合国的官方通报，西非的这次埃博拉疫情，是这种病毒近40年中最严重、规模最大和情况最复杂的一次暴发。研究证实，疫情的蔓延主要是人际间的传播。因此，隔离患者是接下来的重点工作。埃博拉病症初期的防治需要对本地科学家和医生进行更多培训。如果国内的病情可以准确快速地确定，那么疫情将会减弱。没有人能预测出此次疫情将持续至何时，疫情完全得到控制也许仍需要数月的时间——只能依靠大规模的国际合作和援助。

① 《人民日报》2014年8月22日9版。

# 命　令

自从 2014 年埃博拉疫情发生后，三〇二医院就时刻关注着疫情的动向和病毒的研究，陈菊梅、姜素椿、王福生、赵景民、赵敏、秦恩强等传染病专家，接连撰写数十篇埃博拉防控科普文章，其中《三〇二医院传染病专家建言埃博拉疫情防控工作》被送进了中南海。8 月 10 日，习近平主席、李克强总理、张高丽副总理就埃博拉疫情防控问题分别做出重要批示。

9 月 1 日到 8 日，国家卫生和计划生育委员会专门派出专家考察组奔赴塞拉利昂考察疫情。在这个组里，三〇二医院副院长兼医务部主任李进是最后一个被通知加入考察组的，上了飞机他才知道专家们大都是由中国疾病预防控制中心选派的疾控专家，考察的主要任务是为在塞拉利昂开展实验室检测选址。考察前，国家一直没有确定是否要向塞拉利昂派遣医疗队，让李进参加考察是为医疗队选址，这是国家出于有备无患的考虑，一旦要组建医疗队，到了塞拉利昂能立即找到开展诊疗的地方。但直到考察结束，国家也没有确定是否要向塞拉利昂派遣医疗队。

9 月 11 日，从塞拉利昂回国的考察组集体向国家卫计委做汇报。随着西非埃博拉疫情的迅速蔓延，出现了难以控制的局面。9 月 12 日，世界卫生组织总干事陈冯富珍在日内瓦召开的国际电话会议上指出，目前正在肆虐的这场近 40 年来波及地区最广、疫情最复杂、病况最严重的西非埃博拉疫情，急需国际社会伸出援手，有力量的国家要有所动作，紧急应对此次疫情。为此她发出了呼吁："我们现在最需要的是人力。合适的人员、合适的医疗专家、受过适当培训而了解如何保护自己免受感染的专家。”

在李进向国家卫计委做完汇报后的第二天，也就是9月12日的15点30分，抽组中国人民解放军援塞医疗队的命令就到了三〇二医院。

命令一到，在短短的2小时之内，中国人民解放军第一批援塞医疗队30名队员就抽调完毕。在这30名队员中，医护人员分别来自感染性疾病科、重症医学科、感染管理科、临床检验科和感染护理科等学科专业，其中有5名博士、6名硕士，5个科室主任、副主任。他们大都是全军唯一的野战传染病医疗所队员，每年都会参加大型的备战拉练和演练，2014年3月，他们参加了首都联合防空演习；7月，刚刚完成了总部对野战医疗所的野战拉动能力考核验收。有的队员还参加过抗震救灾、抗击“非典”、防控“甲流”、亚丁湾护航等多样化任务。他们不仅是三〇二医院的顶梁柱，也是国家和军队的宝贵专业人才。

命令下达的72小时之内，医疗队完成了方案的制订和人员的防护培训，这一切都来自他们多年积累的经验和专业素养。

第一批援塞医疗队教导员孙捷回忆了当时的情景：

8月份，在我们出发前的两三个星期，事情还没有定下来，说只派遣国家检测队去。没想到9月12日命令就下来了，而且16日就要集结出发，时间相当紧迫，出乎我们的预料。

埃博拉感染者需要专业医疗机构通过检测筛查出来，当地现有的医疗条件无法做到，这个时候就需要外来援助。最早的两个检测中心分别是由我们国家和南非建立的，后来英国疾病控制中心也参与了检测。因为世界卫生组织向中国国家领导人呼吁，希望中国能够参与到国际公共卫生重大事件中，派遣检测队参与救治行动。所以国家检测队比我们准备得早。虽然我们医院没有定下来，但也让我们做好准备。

国家检测队是国家疾病控制中心派过去的，在当地建立了一个检测中心，带去的是P3的流动检测车，执行筛查和检测的任务。但是只是建立一个实验室是不够的，收集标本还要靠我们医疗队。有标本才能进行检测，通过检测的准确率和出报告的时间，才能够让别人知道中国能做得并不比别人差。

这次我们远赴万里之遥，坐飞机要20多个小时，空运物资得包一架大飞机，人员专机送往。要调动军队的医疗队到塞拉利昂，背后是国家22个部委协调运作，也就是国家的联防联控体系，才能做得到的。比如要用飞机把人从北京运到非洲去，需要航空公司规划国际航线，要得到十几国的飞越许可；再比如在当地修建中心，用水、发电、储油，没有22个部委的支持，如何能做到。由此就可以知道我们在执行一项多么重大的任务。除了人道主义救援，我们还帮助当地建立了一整套传染病院的管理体系，并且对当地的人员进行了培训，参与他们国家的建设。在这一过程当中，我们的队伍也得到了锻炼，比如国家的联防联控机制、远程海外的协调机制，还有我们人员能力的培养，积极参与国际事务，拓展国际视野。

# 紧急采购

三〇二医院军需办主任 张 扬

**第一批援塞医疗队携带医疗设备表**

| 序号 | 设备名称 | 单位 | 数量 |
|---|---|---|---|
| 1 | 检水检毒箱 | 个 | 1 |
| 2 | 山诺士消毒机 | 台 | 1 |
| 3 | 手提式发烟机 | 个 | 1 |
| 4 | 血浆单采器 | 台 | 1 |
| 5 | 手压式喷雾器 | 台 | 16 |
| 6 | 手持式血液分析仪 | 台 | 2 |
| 7 | 移动 DR | 台 | 1 |
| 8 | B 超机 | 台 | 1 |
| 9 | 心电图机 | 台 | 1 |
| 10 | 野战快速检验系统 | 台 | 1 |
| 11 | 野战救护车 | 辆 | 1 |
| 12 | 网架式卫生帐篷 | 顶 | 2 |
| 13 | 分类帐篷 | 顶 | 1 |
| 14 | 储水囊 | 个 | 4 |
| 15 | 热合机 | 台 | 2 |
| 16 | 手套箱 | 台 | 1 |
| 17 | 喷淋帐篷 | 个 | 1 |
| 18 | 普通显微镜 | 台 | 1 |
| 19 | 离心机 | 台 | 1 |
| 20 | 血浆分离机 | 台 | 1 |
| 21 | 气溶胶喷雾器 | 台 | 4 |

| 序号 | 设备名称 | 单位 | 数量 |
|---|---|---|---|
| 22 | 移液器（200、1000ul） | 把 | 2 |
| 23 | 猛士指挥车 | 台 | 1 |
| 24 | 病区监控系统 | 套 | 1 |
| 25 | 血压计 | 箱 | 4 |
| 26 | 喉镜 | 个 | 1 |

第一批空运时已将绝大部分医疗设备专机运至塞拉利昂，仅在后续第三批任务职能扩展时，增加携带喉镜、DR架、血压计等设备。

——摘自《中国人民解放军援塞医疗队工作汇总》

3天时间要准备30个人半年的生活物资，还要运到遥远的塞拉利昂。听起来就像是玩笑，却是不折不扣的命令。那时我刚刚接手军需办主任的职位。院务部周部长下了死命令："国家任务，没什么商量的，干不了马上换人。"

这次援塞医疗队的物资采购和调运应该是医院历史上最困难的一次，也是三〇二医院建院以来执行的规格最高又最为紧急的任务。作为全军唯一的传染病医院，三〇二医院一直担负着各种重大救灾救援任务，每次任务都非常急迫，院里军需有常备的应急预案，根据全军的给养供应标准，按每个人每天大概需要多少物资，很快能列出物资需求清单，应对紧急任务有一定的经验。但没想到这次是按秒来计算的任务，准备时间只有3天。后勤物资的筹措比较复杂，品种繁多，大都是与日常生活保障相关，到那样一个陌生的地方，必须考虑得足够周全，要按到无人区生活的最高标准来筹集物资。

以前三〇二医院也派人参加过小规模的赴外卫勤任务，比如2011年派遣了一支10人的医疗队去印度尼西亚万鸦老执行东盟地区论坛救灾演练任务。当时是依托当地的保障，坐军用运输机到广州，然后转到印尼，由印尼军方提供生活保障，住宿吃饭都是现成的，10天就回来了。这次医院要完全依靠自己的力量去西非，西非条件艰苦，设施落后，当地基本没有可以利用的资源。医院完全处于临战状态，搞传染病这么多年，谁都知道埃博拉有多么凶猛。

赴塞拉利昂考察回来的专家说，当地的食物非常匮乏，没有污水处理系统，也没有垃圾处理系统。因此，我们做了最坏的打算，就像当年抗“非典”一样，找一块空地，支上几十顶帐篷，拿个围挡一围，就变成临时野战医院，准备好两个月生活所需的物资，自给自足，等于空降一所医院过去。

院务部立刻启动了应急采购机制，以常备预案为基础，根据人员的数量、年龄的差异、男女比例，把预案进一步细化。医院与石景山沃尔玛山姆店有大宗采购协议，那家店的商品品种丰富，合作过多次，价格公道且建有质量追踪体系，比如一瓶酱油是第几批次、从哪里采购来的，一旦出了问题，都能查到源头。这次去塞拉利昂，保障要完全靠自己，能带上的尽量带上，光矿泉水就准备了1000箱，饮用水在当地是个大问题。当地天气酷热，蚊虫盛行，就得准备50倍的防晒霜和驱蚊用品，还专门配备了护目镜、强光手电。饮食上也充分考虑到当地的情况，购买了大量的副食品和调料，比如十三香、葱姜蒜、脱水蔬菜、牛肉干、罐头、压缩饼干等。

当然不只是日常用品，还有一些特殊用品，比如消毒柜、盾牌、警用器械，都需要找不同的供货厂家。当时医疗队提出要求要配备两台1000升的消毒碗柜，使用这么大型的消毒设备是为保证医疗队的饮食卫生。于是院务部在微信群里发动大家帮着联系，最后和天津一个厂家联系上了，当时他们库里只有别的客户定制的两台。那个客户听说是我们代表国家去抗击埃博拉，就答应先让出来了。但是消毒柜个头儿很大，这么短的时间要运到地方有难度，医院就派人在夜里3点去北京的六环路上与他们接头，然后用自己的卡车拉回来。类似的情况还有很多。

还有一批货是从上海调运过来的，连夜走航空。很多货都是这么过来的，短短3天之内，食品、日用品、水电器材等5大类、150吨后勤物资顺利完成了采购。有些稀缺的东西不容易买到，我们就想尽各种办法，四处打听，还是采购回来了。院里下了死命令，队员登机前一定把所有物资调配到位。可以说，吃喝拉撒睡，油盐酱醋茶，大到野战猛士车，小到一块肥皂、一支牙膏、一个针线包，一应俱全，足足可以装备一个中等超市。当时的效率连我自己都感到吃惊，难以相信居然做到了。

院务部主要负责后勤物资的筹集，政治部负责政工物资，护理部负责护理用品物资，医用物资由医务部感染控制科列出清单，医学工程保障科负责采购。当时情况紧急，感染控制科连夜组织专家查找有关文献资料，包括国外发表的一些文献，登录世界卫生组织和美国疾病控制中心的网站，参考他们所制定的标准。其实我们的专家很早就开始关注埃博拉疫情，时时追踪疫情的动态，而且参考了国家卫计委最新版的防控技术指南，短时间内查阅了上百篇文献，很快就拿出了一个比较成熟的防护标准，按照标准准备消毒防护物资，给医学工程保障科列出购买清单，包括防护服、口罩、靴套、雨鞋等。

感染控制科负责对物品进行把关，比如正压防护头盔必须符合医用标准，因为防护头盔是通过一个过滤盒，把空气抽进来过滤，然后再把空气送进头盔里，能够保证呼吸环境是清洁安全的，这些物品有的采用的是工业标准，有的是医用标准，所以物品送达后，必须反复进行检验。所有人员都通宵达旦地清点物品种类和数量，以防出现差错与遗漏。

值得一提的是采购来的防控装备，国际上有标准，但国家没有统一标准。比如防水隔离衣，按国外的标准，只是防护服外加一件防水的围裙，类似厨房做饭穿着的围裙，只能做到正面防护，后背就露出来了。医生不可能所有的时间里都正对着病人，而防水隔离衣是整体包裹，后面相对宽松一些。医供科把能及时供货的都调过来。

第一批进来的货因为太薄给退掉了。进到病区，工作时间是无法控制的，防水隔离衣是由无纺布制成，表面有一层防水层，但是这个防水层是有时效的。考虑到这种情况，换了一批厚的。医院有自己固定的供货厂家，新换的很快就送到了。

还有分体式的防水手术衣，我们在模拟培训中心试穿过，大量出汗后，防水那一层肯定会湿透，湿透了以后因为是无纺布的，很容易烂掉。所以说，哪怕热一点儿，一定要够厚够结实，防水效果要达到。并且为了安全起见，进到病区用完后就扔掉。

大家还讨论过是把裤腿放在雨鞋里面还是外面这样的问题，也可见我们医院的专业程度。有人说，如果放在外面，一旦病人的呕吐物溅在医护人员身上，就不会漏进鞋筒里。但是也存在这种情况：防护服在长时间使用后——每个人在病区要待一个多小时，很容易湿透，那么防护效果就会大打折扣。后来大家说还是放在里面，不过身穿的防水防护衣，必须要达到雨鞋筒的二分之一以下，脚脖子靠上一点儿。即便病人呕吐，隔离衣里头还隔着一层防护服，隔离衣一般不会湿透，这样能起到很好的保护。穿雨鞋再穿防护服的做法，与国外不一样。我们用的防水隔离衣是有袖子的，相当于防护服外头再加了一层袖子，还要戴两层手套，一层手套压着防护服，穿上隔离衣以后，就相当于压上了手套，之后再套一层手套。所有的防护细节都经过了反复的推敲。

这次光后勤物资就有212个品种，分渠道采购同时展开，头一天下午开会宣布命令，第二天下午，东西开始陆续送达，都堆放到医院的篮球馆里。

当时，全院上下紧急动员，从干部到文职人员、实习护士、保安、保洁、厨师、餐厅的服务员，包括下班和休假的人员都到场，分区域分组，登记、打包、搬运、装车。有些易碎的东西，还要进行加固处理。塞拉利昂正值雨季，要充分考虑到防水，所以我们在包装之外又加盖了塑料膜，再加盖防雨布，最后用打包机捆好。为确保万无一失，我们还做了浸水实验，现场拿水往包装上浇，看漏不漏；最怕水的盐和面粉一类物品，就拿打

◎ 为第一批援塞医疗队准备的各种物资堆满了室内篮球馆

好包的东西在水桶里面浸泡 2 分钟，1 层不够弄 2 层，2 层不够弄 4 层，直到滴水不进为止。

供货商也克服了很多困难，因为载货汽车进入北京有时间限制，所以医院接货安排在夜里 12 点，车开过来后再组织人搬卸。人员分批轮换，首批工作到夜里 12 点，然后换第二批接着干，流水作业，中间没有任何停歇。

整整三天三夜，堆放物资的篮球场馆人头攒动、灯火通明，从物资采购到入库验收，从清点登记到打包装运，大家忙得没合过眼，力求每个步骤都做到精准到位。接下来涉及出关检查，物资是否符合要求。院方事先联系了首都机场货运部门，对方要求箱子长宽高都不能超过 1.5 米，否则就进不了飞机的货舱。医院按照限定的规格，统一采购了外包装箱。海关例行对物资进行了细致的检查，尤其是对大批量药品进行了抽检，等到所有的物资通过了检验，大家这才松了一口气。

埃博拉患者的以呕吐和严重腹泻为主的消化道症状，导致血容量降低、代谢异常，以致引起低血容量休克而死亡。因此，药物治疗主要包括以大容量补液、纠正水电解质紊乱、合理使用抗菌药以及充分的对症支持治疗。药品是在国内集中采购，再通过携行和运行等方式送达塞拉利昂。然而，药品运输过程中存在诸多不可控因素。埃博拉疫情暴发以来，航班减少甚至停飞，难以保证正常运输。而且，航空快运途中需多次转运或转机，药品在运输过程中遭退回、扣留、丢失、耗损等现象时有发生。采用海运虽然运力大，但时间过长，而且受天气、海盗等不确定因素影响较多，本次海运物资就比预计运抵时间延迟了40余天。

治疗急需的以及不可替代的药品必须跟随医疗队包机携行，中塞友好医院没有空调、冰箱等设备，并且医院经常停电，库房条件难以满足药品仓储管理要求，储存条件要求较高(如温湿度等)的药品如抗菌药、生物制剂等的储存受到一定限制，特别是需冷藏的药品，如果储存在医院库房，存在较大的安全隐患。塞拉利昂没有统一的电力供应系统，为此，我们还准备了2组共4台柴油静音电站。我们携带了自己的军用救护车，是为了解决初期患者运送和医疗队交通的问题。人员到达后，再联系租用中资企业的小型公共汽车解决队员上下班和送餐的问题。

## 原来世界上还有这么个地方

对大多数中国人而言，若不是埃博拉，塞拉利昂似乎是一个“原来世界上还有这么个地方”的陌生国度。

“塞拉”的意思是山峰，“利昂”的意思是狮子。15 世纪，最早踏足这片土地的葡萄牙人，听见海边高山传来的雷声就像狮子的吼叫声，于是将其命名为“狮子山”。塞拉利昂由此而得名。塞拉利昂西濒大西洋，北、东与几内亚接壤，东南同利比里亚交界，境内大部是丘陵和高原，地貌很像中国的重庆。全国分为 3 省 1 区，即北方省、南方省、东方省和首都弗里敦所在的西区。3 个省下设有 12 个行政区，行政区以下设 149 个酋长领地，有 17 个部落土著民族，有 17 种地方土著语。

塞拉利昂属热带季风气候，两季分明，5 月至 11 月为雨季，12 月至 4 月为旱季。

◎ 塞拉利昂国旗。绿色象征农业，还代表国家的自然资源和山脉；白色象征国家的统一和人民对正义的追求；蓝色象征海洋和希望

◎ 塞拉利昂国徽。盾面上的狮子象征塞拉利昂，绿色背景象征农业和丰富的自然资源，锯齿形的图案象征山峰，下部两道蓝色波纹象征海岸线和天然良港，火炬象征启蒙和知识，棕榈树象征农业财富，底部绶带上用英文写着“团结、自由、正义”

若是碰到雨季，突然间电闪雷鸣，天地一片漆黑，瞬间大雨倾盆而降，来势凶猛，猛烈的狂风暴雨大有把房子掀翻之势。雨点之大，密度之高，冲刷力之强，实属罕见。2000多毫米的年降雨量，要在半年内降完。无论是多大的雨，地面很少有积水，一是因为离大西洋近，泄水快；另外因为地表是沙砾土，渗透力强。

处于旱季的塞拉利昂，水是最头痛的问题，水中有害物质尤其是伤寒杆菌严重超标，即使是这种水也无法满足生活之需。使用时，尽量不让生水入口入眼，用凉开水洗漱，烧水时水烧开了还多要烧一两分钟……塞拉利昂水利工程不是十分完善，到旱季时河流干枯无水，除首都部分地段外，生活用水成为难题。塞拉利昂政府计划新建水坝，解决首都及近郊区的饮用水问题。当地的水井打成后大多用栅栏或围墙圈起来，称之为“神灵赐予的圣水”。

塞拉利昂的官方语言为英语，部族语言主要有曼迪语、泰姆奈语、林姆巴语和克里奥语。虽然由英、美移入的当地人后裔克里奥人只占人口的2%，但塞拉利昂大多数的学者、医生几乎都是克里奥人。几个世纪以前，克里奥人的祖先被当作黑奴贩卖到欧洲，这些人的后代又回到塞拉利昂，不仅带回了知识和文明的生活方式，还将学到的英语、法语和葡萄牙语与原始土语结合，创造出了克里奥语和与其相对应的文字。于是，克里奥语成为全国通用语言，每个部落的人在母语之外都会说克里奥语。

由于多数非洲国家的殖民统治时间太长，独立时间太短，文化背景除了当地土著人的传统文化外，很大程度上受到西方尤其是欧洲文化的影响，往往是一种混合文化，如塞拉利昂主要受英国文化的影响深刻。

首都弗里敦意为“自由城”，源于黑奴解放获得自由。当年美国独立战争结束时，获得自由的大批黑奴离开美国流落到英国、加拿大、西印度群岛等地。1787年，为了开拓非洲的殖民地，英国民间团体和政府从各地把近2000名当地自由人运至格兰维尔镇定居，后该镇改名为弗里敦。至今，在弗里敦还保存着一扇用铁栅栏做成的“奴隶门”。那个时候，

◎ 弗里敦市中心十字交叉路口的木棉树

◎ 身上携带几百种病毒的果蝠

每当黑奴登上弗里敦口岸，走过这“奴隶门”后，由牧师带领来到一棵高大的木棉树下唱赞美诗，欢庆重获自由。

弗里敦市中心十字交叉路口矗立着一棵高大挺拔的木棉树，10 个人难以合围，10 里之外也能看见，距今已有 500 多年历史。树上吊满了非洲果蝠，我们初次见到，感到有些毛骨悚然。果蝠是当地人很容易就能获取的食物，这种果蝠也被认定为埃博拉病毒的宿主。当地人问路说事，也都以此树为参照物。这棵树成为塞拉利昂的标志物，10000 利昂的背面印的就是这棵木棉树。每逢重大节日，成千上万人在这里集会和狂欢。

塞拉利昂是一个宗教的世界，主要是伊斯兰教和基督教，信教的人口占 90% 以上。在这里有着众多复杂的宗教礼仪和宗教节日，除每天的祈祷外，人的出生、成长、婚礼、葬礼都有相应的礼仪。

塞拉利昂只有现金交易，纸币损耗大，10000 利昂面额的纸币还算完整，1000、2000、5000 利昂的纸币只能靠颜色辨认，银行的点钞机往往无用武之地。

当地人生性乐观，这里的大多数家庭每天挣扎在贫困线上，但这里的人们并不因此愁眉不展，总是能快乐而知足地生活着。

当地居民的主食是米饭，还有木薯，木薯也是当地种植面积最大的粮食作物。木薯通常采用当地传统的方式磨粉，它的块根重达几公斤甚至几十公斤，富含淀粉，被称为“淀粉之王”，是世界三大薯类植物之一，

◎ 塞拉利昂纸币。5000利昂相当于1美元

也是10多亿人的主要食物，叶子也可作蔬菜食用。在塞拉利昂，木薯的吃法很多，可以加工成颗粒、粉或者块状，可以蒸、炸、煮、烤。简单一点儿的，只要将新鲜木薯切成自己喜欢的形状，蒸熟或油炸后即可食用，像食用红薯或土豆一样。玉米也是当地主要的粮食作物之一，除了用于磨面粉和煮饭外，多用于烧烤。能在非洲吃上大米对非洲老百姓来说是奢望。

当地人做米饭的方法是将大米淘洗干净后放到锅里，加入适量的水，再放入木薯叶捣成的汁，再加上辣椒、洋葱熏鱼、棕榈油及盐等调味品，盖上锅盖一直煮熟为止。做饭用的是深的平底锅，一般不炒菜，而是煮菜和炖菜。无论是鸡、鸭、牛、羊肉及蔬菜都是炖。他们吃的蔬菜主要有茄子、黄瓜、辣椒、番茄、黄秋葵及苋菜，他们还喜欢吃红薯叶及野生空心菜。他们也吃鱼，但是鲜鱼很少，主要是熏鱼。米饭做好后，用塑料或金属盘子盛满1盘，再浇上1至2勺炖好的菜汤即可，多数人都是直接用手抓着吃。

包心菜和西红柿都是当地的上等货，很难买到，西红柿用来炖汤不错，但本地产的西红柿个小皮薄，保鲜期短，不能与中国的品种相比。辣椒品种不少，五颜六色的，个小，特别辣。当地的西葫芦与国内的味道差不多，数量少且上市的时间短，难觅踪影，南瓜也差不多如此。这里的茄子大多数是瓜茄，线茄不多，太老太硬，只能煎炸着吃。空心菜的色泽发暗，和红薯藤差不多。胡萝卜与中国的胡萝卜质地相差不大，个头大，用来炖汤不错。当地的黄瓜比中国黄瓜短，生长周期也短，都是很难碰到的。

当地人爱饮酒，他们最爱喝的是当地一种棕榈酒，酒的浓度较低，其酒精度大概不超过 10%，喝起来一股酸味。当地人管他们食用的肉食品叫“丛林肉”，这是一种对黑猩猩、大猩猩、猴子、鼠类、羚羊、果蝠等动物的肉的总称。

塞拉利昂在整个西非的影响力很大。西非国家里面有 7 个总统毕业于塞拉利昂大学。但自从独立以后就开始打仗，尤其是那场内战，使得国家全面倒退。

他们接受英国的传统文化教育。1961 年塞拉利昂独立时，1 利昂兑换 1 美元，而现在是 1 美元兑换 5000 里昂。英国殖民地时期，港口、交通都很发达，当时它是非洲最富裕的国家之一。很不幸，十几年的内战把国家的经济完全摧毁了。

中塞 1971 年 7 月 29 日建交以来，中国为塞援建了友谊大厦、国家体育场、稻谷种植技术推广站、公路桥、蔗糖生产联合企业办公楼、水电站、博城体育场、友谊公路等项目。友谊大厦建筑群是上世纪 70 年代完工的，交给当时的塞拉利昂政府，作为政府的办公场所。那个时候，中国也处在困难时期。体育场面向所有人开放，能容纳 3 万人，还有游泳池、宾馆和练习场地等。塞拉利昂人酷爱足球，但埃博拉疫情迫使所有体育比赛被取消。

被称为“友谊公路”的道路，由中国政府援建、中铁七局集团有限公司承建，2012 年 4 月 26 日开工，双向两车道的道路长 11.26 公里，将弗里敦市郊的丽晶镇和科索镇连在一起。

弗里敦北面和西面临海，紧邻大西洋的西部海滩被中国人称为蓝茉

◎ 友谊公路，由中国捐建，2014年4月通车，目前是塞拉利昂最好的公路

莉海滩。前往蓝茉莉海滩和二道河海滩，沿途有不少新修的公路，看起来很宽阔，道路两边生长着热带灌木。公路大部分是中国援建的。拉卡海滩和佛罗伦萨度假村分别位于弗里敦市区南面约10公里和12公里处，已被意大利人开发多年，有海滩、草棚，提供住宿和餐饮，另建有游泳池。向前再走2公里即可到达二道河，此河与海交汇，有银色海滩，空气清新，阳光充足，风景宜人。

市区道路的两旁多是店铺，主要售卖服装，也有面包、瓶装水、水果等。商品有好多是中国产的。

弗里敦的隆基机场在一座小岛上，以前是英国的军事基地，从小岛到弗里敦市区要先坐半个小时左右的船，小岛上的人几乎都是渔夫。飞机降落时，看到外面的景象是毫无人烟的棕榈树林、湿地等。曾经的弗里敦被称为西非的巴黎，上个世纪五、六十年代，弗里敦相当漂亮，是度假天堂。如今在弗里敦街头，依然可以见到被战火摧残后的焦黑墙体和布满弹孔的窗子。

弗里敦几乎所有机关、企事业单位办公都是采用自发电，网络不发达，电话多是移动电话，分属几家公司。全国缺乏煤炭和石油等能源，市场

◎ 友谊大厦，为塞拉利昂政府办公楼。它是20世纪70年代初中国的经援项目，该工程共包括：供塞拉利昂政府各部办公的部级办公楼，与部级办公楼相连的会议厅，警察总局办公楼

上的商品多是国外的，汽车多是日本的，收音机、手表、手机等商品多是中国的，米面等很多食品也是进口的，价格很高。

100 多年前，黎巴嫩人在此立足，这里的很多生意，比如餐饮、零售、矿产、酒店等行业他们都有涉足，尤其是钻石生意，基本被黎巴嫩人控制。中国人进入的虽然比较晚，但如今塞拉利昂的矿产、渔业、制糖、木材、酒店、餐饮、超市等行业，都有了中国人的份额。

由于经常停电，弗里敦的马路上没有安装交通信号灯，但当地人素质很高，礼貌谦让，在街上总能看到司机停下来，主动让行人先过马路；路面虽然没有人行横道，但没有人随意横穿马路。

埃博拉暴发后，由于病毒持续快速的传播，整个塞拉利昂地区都被埃博拉影响，西部地区首当其冲。疫情严重的远东地区 Kailahun 已经开始实行傍晚 7 点后宵禁，来往国内的摩托车和出租车也只允许在白天的一定时间内运行。除教堂和清真寺以外，人群聚集的场所，如酒吧、电影院和学校，以及高风险地区的市场都已被关闭。

在农村地区，道路封锁措施限制了农民和其他劳动者的活动，同时也限制了商品的供应。人们逃往没有疾病的安全地区，灾区的有些农场已经被抛弃。在城市，由于埃博拉疫情日益严重，进口商品的批发商和

◎ 塞拉利昂工艺品

零售商抬高了价格。各个行业的税收遭受重创，采矿业、建筑业、旅游业和运输业等行业已经减少了运营。经济受到的打击不可避免地严重影响着人们的生活，造成某些商品滞销、失业率上升以及收入下降。

## 三〇二医院

第一批援塞医疗队队长　李　进

三〇二医院与佑安医院、地坛医院并称我国三大传染病医院。作为全军唯一传染病医院的三〇二医院，已有60多年的历史。追根溯源，抗日战争时期，曾立下赫赫战功的延安中央医院即是三〇二医院的前身；1947年5月，转战西柏坡成立中共中央直属机关医院，开创者们在破庙里手术，在担架上治疗；1954年7月，在北京西郊这片荒芜之地，“三〇二人”开荒建舍，医院正式命名为中国人民解放军第三〇二医院。

60多年来，三〇二医院已成为目前国内整体实力最强、影响力最大、收治病人最多的三级甲等传染病医院，除了防治传染病之外，还担负着军事斗争卫勤准备的机动救援、防生反恐及应对突发公共卫生事件应急处置的任务，是全军传染病医疗、教学、科研、预防、保健、康复、培训和信息中心，是我军卫勤战线上一支独一无二的特种部队。

——摘自《三〇二医院院史》

◎ 原延安中央医院旧址

◎ 解放战争时期，三〇二医院的前辈们在疫区开展防治工作

三〇二是全军唯一一所专科医院，医院主治 39 种法定传染病、新突发传染病及其他感染性疾病，在细菌、病毒、支原体、衣原体引起的中枢神经系统、消化系统、呼吸系统感染等疑难杂症和艾滋病、各类传染性与非传染性肝病的诊治及研究方面处于国内领先水平。

作为传染病医院来讲，我们又在北京，也就是面向全国了，所以要接收各地诊疗困难的一些重病。医院年门诊量 60 余万人次，年收容量 4 万余人次。患者来自 40 多个国家和地区，其中京外患者占 80% 以上。我们的收治重点是病毒性肝炎、重症肝炎、肝缺血，或者说中末期肝病的一些并发症。除了病毒性肝炎之外还有其他一些传染病，我们专门有一个科室收治，但是相对来讲数量比较少。对外，我们叫解放军第三〇二医院，我们是全军最大的传染病中心，三级甲等的传染病医院。普通人觉得三〇二医院是肝病医院，因为 80% 的床位是给肝病患者准备的。肝病的病因不只是病毒性肝炎，逐步的扩展到非传染性肝病的病人也越来越多，酒精肝、药物中毒，还有其他免疫肝病的现在也有了。三〇二医院在肝病领域分得比较细。从诊断和治疗手段上来讲，在世界上也算是比较先进的。乙肝还没有治愈的手段，因为这种病毒进入到细胞核里，一部分基因整合到人类的基因上，很难清除掉。不过，我们国家疫苗控制成效显著，乙肝呈阶梯形往下降，从感染率超过 10%，现在已经降到 7%。

医院有 30 多个科室，医院医生护士大概是七八百人，加上其他人员数量达到 2000 多人。

有人称这里是“病毒窝子”，因为这里收治霍乱、传染性非典型肺炎、人感染高致病性禽流感、病毒性肝炎、病毒性脑炎、艾滋病、淋病、梅毒、麻疹、出血热、黑热病、丝虫病、包虫病、麻风病、流行性腮腺炎、手足口病等 39 种法定传染病……

60 多年来，医院在中国传染病防治上取得卓著的成绩：

北京市第一例“小川型”“稻叶型”“$O_{139}$”型霍乱患者在这里收治；

华北地区首批输入性“非典”患者在这里收治；

中国大陆居民第一例艾滋病患者在这里收治；

全国第一个病毒研究所、全军第一个临床乙脑实验室在这里建立；

全军唯一的传染病研究所、中医药研究所在这里建立……

2003 年春天，“非典”疫情暴发。3 月 5 日，华北地区首批输入性“非典”患者入住三〇二医院。作为北京地区抗击“非典”的主力军，三〇二医院医务人员历经 106 天，收治了包括北京市首批输入性病例在内的 155 名患者，其中危重病人 95 例，治愈率达 92.9%。

2008 年 5 月，四川汶川发生地震。三〇二医院派出 7 支医疗防治队奔赴灾区，在异常恶劣的环境下，7 支医疗防治队保证了 13 万救灾部队中 8 万官兵的人身安全。

医院还多次参与海外医疗援助的国家任务：

2003 年 11 月，赴利比里亚执行联合国维和任务；

2009 年 9 月，受国家卫生部委派，前往马达加斯加和坦桑尼亚两国执行疟疾防治中心的援建任务；

2010 年 1 月，赶赴海地太子港，执行应急医学救援和卫生防疫任务；

2010 年 7 月以来，随“中国人民解放军医疗救援队”，赴巴基斯坦执行国际人道主义救援任务；

2010 年 8 月，随“和平方舟”号医院船，启程远赴印度洋执行“和谐使命—2010”任务，先后去往吉布提、肯尼亚、坦桑尼亚、塞舌尔和孟加拉国等国；

2011 年 1 月，随联合考察团赴尼泊尔，对援助尼军总医院医疗设备项目进行实地考察；

2011 年 3 月，东盟地区论坛在印度尼西亚万鸦老举行，随“中国人民解放军医疗队”，参加东盟地区论坛救灾演练医疗救助行动；

2011 年 9 月，随“和平方舟”号医院船赴拉美地区执行“和谐使命—2011”任务，先后访问了古巴、牙买加、特立尼达和多巴哥、哥斯达黎加等国；

2013 年 6 月，随海军“和平方舟”号医院船执行“和谐使命—2013”任务，参加了“10+8”东盟防长扩大会议人道主义援助救灾联合实兵演练，赴亚丁湾海域为各国护航舰艇开展了医疗巡诊服务；

2013 年 11 月，参加“和谐使命—2013”救援，前往菲律宾灾区执行人道主义医疗救助任务。

每逢国家突发紧急的灾害，军队的行动效率和管理机制优势明显。在这次援非抗埃行动中，塞拉利昂其实就是战场，需要三〇二这样的军事化医院。我们医院常年备勤演练，一直处于应急状态，一年四季从不间断，全天候都有人值班，组织一支应急医疗队，15 分钟内集结完毕，半个小时内就可以出发。各大综合医院也有传染科，但想从别的医院一时间抽调出这么多精通专业的人，恐非易事。我们因为天天在传染病环境下工作，才会有相应的防护意识。而且这个时候考验的并不仅是专业技术，更多挑战的是个人的心理素质。

# 第一批援塞医疗队

（2014 年 9 月 16 日—2014 年 11 月 16 日）

# 埃博拉是真的

医疗队教导员　孙　捷

这更让人恐惧，他们没有防护意识，那么控制起来就太困难了，结果事实就是如此。

**塞拉利昂埃博拉患者诊断标准**

疑似患者定义：

任何发热患者 (>38ºC) 加上 3 种或 3 种以上下述症状：

头痛，厌食，乏力，呼吸困难，恶心，呕吐，吞咽困难，打嗝，腹泻，肌肉关节疼痛，腹痛，无法解释的出血

或者任何病人合并以下两条之一：

照顾过埃博拉患者或者被埃博拉患者照顾过

参加过埃博拉病人的葬礼

或者任何无法解释的死亡

——摘自《埃博拉防治指南》

9 月 13 日夜，东方航空公司才收到来自欧洲控制中心的临时通知，由于法国境内航线变更，之前已规划好的航路不能使用。于是，航路被重新设计，确定的飞越国为白俄罗斯、波兰、捷克、奥地利、意大利、法国、西班牙。离航班起飞已不到 24 个小时，即使正常航班，改航尤其是改变飞越国，也是棘手的难题。14 日晚 6 点前，才得到奥地利、波兰、意大利、法国、白俄罗斯、捷克等国飞越许可的回复，直到晚 7 点，几经周折，通过外交部才收到飞越许可的传真。

此前国内航空公司从未专机飞过塞拉利昂，沙漠上空信号很不稳定，需要密切联系空域管制，甚至通过其他飞机转报方位；专机内部还要安装特殊装置，专供医疗人员及病人使用，以防可能出现的意外状况；降

落的机场很简陋，仅有一条跑道，没有雷达和照明，驾驶员只能根据身着反光衣、手持荧光棒的地勤人员判断方位。17 日凌晨 1 点 30 分，东方航空 MU7004 专机安全降落在弗里敦国际机场。援助几内亚、塞拉利昂和利比里亚 3 国的医务人员和物资大都是由东方航空公司运送的。

我们的任务是要在中塞友好医院建立一个留观中心。塞拉利昂是英制体系的国家，在英制体系内，我们建的只是留观中心，是不能开展治疗的。看到中塞友好医院后，我心里觉得医院相对来说还是不错的，就当地而言，算是最好的医院了，医疗设备都是过去中国援助的，我们对非洲的援助真是实实在在的。

当地没有完善的传染病防控、上报机制，所以埃博拉得不到很好的控制。关于埃博拉，塞拉利昂这个国家宣传做得有限，路旁会有展板，写着诸如“把埃博拉踢出去”“埃博拉是真的”之类的标语。当年北京发生“非典”的时候，大街上很少看到人。但在塞拉利昂，大街上照样人潮涌动，感觉不到传染病肆虐的恐怖气氛。这更让人恐惧，他们没有防护意识，那么控制起来就太困难了，结果事实就是如此。我们刚到的时候，塞拉利昂还不是疫情最严重的地方，没过几天，便成了西非 3 国疫情最严重的国家。我们要和塞方工作人员一起工作，他们每天往返在医院和家的路上，很有可能在无意中就被感染了。

这个国家没有条件把被感染的地方封住，因为没有办法提供保障和供给，里边的人吃不上饭还是得出来，实际上是经济状况在起作用，所以要花这么长的时间才控制住。

如果塞拉利昂能尽早实行隔离措施，埃博拉也会得到控制，这种病毒最长潜伏期为 21 天，也就是 3 周。如果一种传染病在最长两个潜伏期内没有新发病例，那就算控制住了，这个时候最好的做法是，第一要把传染源隔离，第二不让其发生新的接触。如果严格控制就有可能做到。

埃博拉的病源现在基本上已经确定了，就是果蝠。我们在大使馆附近的树上看到过，应该是蝙蝠中最大的一种，翅膀展开有 2 米多。说起

◎ 埃博拉宣传标语和宣传画

来很奇怪，人类的很多病毒都来自于蝙蝠，它相当于一个大病毒库。果蝠吃树上的水果，咬过的水果有可能掉下来，它吃完排泄的粪便也掉在地上。树下的动物，像猩猩、鹿之类也去吃，于是病毒就传到这些哺乳动物身上，人类捕这些动物吃，也捕猎果蝠吃，也会吃到被果蝠污染的水果，于是造成了感染。

这个国家的民众除了信奉伊斯兰教和基督教，还有一部分人信仰拜物教，对葬礼特别看重，办得特别隆重。人死亡后，信教群众就把亡者洗得干干净净，穿上衣服，然后家人和亲戚一个一个上前吻别。亲吻之后，他们把尸体重新清洗，放到另外一户亲戚家，然后再上前亲吻，就用这种方式进行告别。埃博拉传播得这么快，这一习俗也是一个主要因素。

后来塞拉利昂政府规定尸体清洗以后不允许再亲吻，虽然国家制定了强制政策，但即使人已经被埋到地下，还是有人又给挖出来，继续举行那种仪式，宗教习俗难以一下子改变，所以就造成一个村庄里的人相继死亡的惨剧。后来塞拉利昂又强制推行了一条规定，所有不明原因死亡的，尸体由政府统一收集做检测，如果检测结果为埃博拉致死，就统一拉到一个地方去火化，怕亲属再去挖尸体；如果检测结果不是埃博拉致死，家属愿意拉回去就拉回去，不愿意拉回去的，政府可以给火化。

## 艰难的改造

每次路过第四病区，看到那一张张病床，仿佛就是我们自己给自己准备的一张张棺材板似的，塞拉利昂没有殡仪馆，也没有火葬场，如果哪个队友牺牲在这里，可能连人带床板一起直接被抬走烧了。

**塞拉利昂首都弗里敦西区留观中心床位及管理机构（2014 年 10 月）**

| 留观中心名称 | 床位设置（张） | 合作伙伴 | 经费来源 |
|---|---|---|---|
| 34 Military | 10 | 英军医疗队 (British Military Medical Team) | 塞国卫生部、武装部(MOHs, RSLAF) |
| ADRA | 20 | 古巴医疗队 (Cuban Medical Brigade) | 塞国卫生部（MOHs） |
| Connaught | 16 | 英国国王医学院（Kings） | 塞国政府 |
| Jui | 40 | 中国 CDC、解放军医疗队 | 中国政府 |
| Kerry Town MOD | 0 | 英军 22 野战医院 | 英国国防部 |
| Kissy Psych | 6 | 英国国王医学院（Kings） | 英国国际发展部（DFID） |
| Lakka | 22 | 应急医疗（Emergency） | 意大利政府 |
| Lumley | 12 | 英国国王医学院（Kings） | 英国国际发展部（DFID） |
| Macauley | 6 | 英国国王医学院（Kings） | 英国国际发展部（DFID） |
| MSF POW | 30 | 无国界医生组织 (MSF) | 瑞士政府、欧盟 |
| Newton | 15 | 英国国王医学院（Kings） | 联合国儿童基金会 (UNICEF) |
| Newton Stadium | 24 | 英国国王医学院（Kings） | 联合国埃博拉应急中心 (UNMEER) |

| 留观中心名称 | 床位设置（张） | 合作伙伴 | 经费来源 |
|---|---|---|---|
| Ola During (ODCH) | 20 | 拯救儿童 (Save the Children) | 塞国卫生部（MOHs） |
| PCMH | 9 | 塞国卫生部（MOHs） | 塞国政府 |
| PTS 2 | 40 | 塞国武装部（RSLAF） | 塞国卫生部、塞国武装部 |
| MSF Kissy | 15 | 无国界医生组织（MSF） | 西班牙政府 |
| Kontoloh | 16 | 医疗援助 (Medair) | 英国国际发展部（DFID） |
| Rokupa | 22 | 英国国王医学院 (Kings) | 英国 |
| John Thorpe | 10 | 救援 (Rescue) | 乐施会（OXFAM） |
| Hastings Airfield HC | 30 | Aspen 医疗 | 澳大利亚政府 |
| Shengbe Pieh | 24 | 国际联合救援、国际红十字会 | 联合国儿童基金会、塞国卫生部 |
| Kerry Town STC | 10 | 拯救儿童 (Save the Children) | 英国国际发展部（DFID） |
| Total | 401 | | |

在医院原有3栋独立的病房楼之间拉上隔离网，并设置安全门将每栋楼严格隔离开，楼间设立缓冲间连接，将3栋病房楼分别设置为清洁区、缓冲区和污染区，并严格区分管理。医院正门入口处设置分诊区，一号楼正对医院大门，设为污染区，左右两边分别为收治疑似患者病区和确诊患者病区（中间以隔离网隔断），在后期医院扩展功能为治疗中心后，将二层部分空置的病房设为康复患者治疗区；二号楼为半污染区，主要功能是缓冲空间；三号楼为清洁区，主要是医护人员的办公区和值班室。医院为了配合感染防控及更好地管理医患，在医院大门、分诊区、病房、病区走廊、药房、缓冲间等多个关键区域安装了监控探头、图像采集器等；此外，医院在改造过程中增设

了污水储存池和废物回收区、垃圾焚烧区等特殊功能区配合传染病医院的运行，整个医院的改造实施由中国驻塞使馆和商务部协调中资企业完成，整个改造和整理过程仅用了短短一周的时间。

——摘自《中国人民解放军援塞抗埃情况报告》

驻地宾图玛尼宾馆在弗里敦的阿伯丁区，中塞友好医院则位于城外的科索镇，从驻地到中塞友好医院有 28 公里路程。沿途有一片干净的海滩，椰树成林，草屋林立，有三三两两的人在悠闲地散步，这就是著名的蓝茉莉海滩。路大部分是尚未修好的土路，这是很难走的一段路，又是雨季，车轮在泥泞的路上总是打滑。从土路尽头再向前走 2 公里，有一个英国驻塞拉利昂的军事基地，门口站着全副武装的英军士兵，围墙上还有一个瞭望哨。再向前行驶 5 公里，就来到了塞拉利昂最好的高速公路——友谊公路，在路上能看到各种熟悉的路标和标记线，仿佛行驶在中国国内高速公路上一样。路两旁有一座座山丘，还有稀稀落落的村庄，

◎ 塞拉利昂著名景区蓝茉莉海滩。医疗队员每天上下班都路过这片海滩

村庄里散布着零乱破落的茅草屋和锈迹斑斑的铁皮房。

友谊公路连接着科索小镇。小镇的特别之处在于拥有一所远近闻名的现代化医院，名叫 Jui Hospital，2012 年由中国政府援建，中国人称之为“中塞友好医院”。中式风格的医院依山而建，3 幢精致的 2 层白色小楼由两个廊桥相连呈“王”字形，主体结构是两栋医疗楼，另一幢小楼是专家楼，专门供专家休息用的，它们被高高的黄色院墙环绕，院外有几棵高大挺拔的芒果树，枝叶茂盛。

中塞友好医院称得上是塞拉利昂全国最好的综合性医院之一，占地面积 16000 平方米，有门诊楼、住院楼、住宅楼和食堂，内设内科、外科、儿科、妇科、手术室等多个科室，有 100 多张床位，还配备了 B 超、CT、X 光机及其他大型自动化分析仪。这里曾经因为医疗条件优越，每天来看病的人络绎不绝，有塞拉利昂本国人，也有在塞的中国人和其他国家在塞人员。

当时医院与山东的一家医院合作，所以医院档次很高，一是设施高档，二是医疗技术水准较高。在疫情出现之前，这里的医生也好，护士也好，背景都不一般。塞拉利昂是小费制的国家，看病是要给医护人员小费的，能到医院看得起病的人大都是有钱人。

◎ 中塞友好医院外景图。大门为医院正门，接收转运的埃博拉留观患者都是走这个门，队员们进出均走后门

2014年8月，中塞友好医院收治了一个孕妇，最终确诊这位孕妇为埃博拉患者。当时做手术的几个人，包括医生和护士，所幸都没有感染。当得知孕妇是感染埃博拉而死的消息后，医院的医生和护士都纷纷选择了离开，医院不得不关门停业。

当队员们到达这里时，敲了半天门，才出来两个看门的。院子里面是齐腰深的野草。队员们深一脚浅一脚地来到了办公楼，办公楼大门的锁已在风吹雨淋日晒下生了厚厚的一层锈，用钥匙拧了半天，好容易才打开。

根据中国与塞拉利昂政府的协议，第一批援塞医疗队负责运营的是一个埃博拉留观中心。所谓留观中心，就是把有明显症状的疑似病人收集在一处，进行观察和检测，确诊为埃博拉患者的就转去其他的治疗中心，排除了就返回社区。如果不严格按照传染病医院的正常流程设计、改造病房，病人之间的交叉感染、医护之间的相互感染，必然无法控制，那么这个埃博拉留观中心就有可能成为一个病毒传播中心，其后果不堪设想。

由于时间和材料有限，医院的改动也不可能太大，只能因地制宜，就地取材。3幢楼基本结构一样，这种情况下，应考虑如何能够通过简单的改造把清洁区和污染区进行隔断，将患者和工作人员分别限定在各自的区域里。

作为中塞友好医院结构布局改造方案的主要设计者，医疗队队长李进讲述了这次改造的过程：

这实在是一套复杂的改造方案。方案一提出就产生了分歧，当时分歧的焦点在于是否要对医院进行这样的改造。卡努院长是外科医生，他没有充分地考虑传染病医院的设置要求，只是迫于日益严重的疫情压力，希望能够简化改造程序，使医院尽早开诊接收病人。而我们坚持从专业的角度出发，必要的改造程序一道都不能少。经过不断的讨论解释，卡努院长还是接受了我们的意见。

我们方案的主体部分是把第一幢楼改成污染区，第二幢楼作为缓冲区，不收治病人。当时赵彦博大使也提出了疑问，为什么第二栋楼不接收病人呢，这样改造下来，只有40张床位可用，数量有限，如果第二栋楼也接收病人，床位就会大大增加。赵彦博大使的意见是，缓冲区也可以用来收治病人。当时，我一听就坚决不同意。理由是：如果这样做，整体设计的格局全乱了，从专业防控的角度来说非常危险，虽然表面上收治病人的数量增加了，但中塞医务人员的感染风险也加大了。经过几番商讨后，赵大使也最终同意了我们的方案。

最终各方的意见达成一致，在驻塞使馆的积极协调下，北京城建集团、中土公司、河南国际公司等驻塞中资企业留守人员，开始了对中塞友好医院的改建。

很快，中资企业的工人进驻了，总算可以开工了，但是困难也一个接着一个地来了。首先就是进不去门，因为原来医院的人离开得匆忙，钥匙也没有留下，没有办法，施工的时候只能将有些门撬开。门算是进去了，可屋子里的灯是坏的。没有灯，晚上就无法施工，为赶进度我们只好拆东墙补西墙，把偏僻地方能亮的灯先卸下来，装到施工需要的地方。灯亮了，可改造医院需要的三合板、铝合金板还没着落。在塞拉利昂，这些东西都属于高档的进口产品，一是缺，买不到；二是贵，价格是国内的3倍以上。最后，在赵彦博大使的帮助下，动用了大使馆计划建车库的材料，北京住建总公司海外部也拿出了公司正在装修房子的材料。就这样，用三合板和铝合金板拼凑起了隔墙。

改造完毕后，有的门需要重新上锁，可这又成了一个大难题。在疫情严重的塞拉利昂，买锁或是请锁匠来修理都不太容易，还是卡努院长动用了私人关系，才找来了锁匠。但是锁还是没有配齐，只能有什么用什么。结果，锁是东拼西凑的，有的门是暗锁，有的门是挂锁，有的是自行车的环形锁，有的干脆就用一根铁链子将门锁住。各式各样的锁成了一道奇观，不过总算是都上了锁。

那些天，各种困难接踵而至，医院也是一会儿停水，一会儿停电，无奈之下，医疗队购买了 3 个大水箱，随时储藏用水，又搞来发电机，一旦停电了，就立刻用柴油发电。

施工过程中，防护门怎么装，要达到什么样的标准？窗户有多大，怎么才能满足通风需求？每一个环节我们都要和工人们进行详细的沟通说明。尽管改造后的中塞友好医院条件有些简陋，但基本上达到了医疗队最初的预想，具备了埃博拉留观中心的基本条件。而且这次改造方案还兼顾到预防呼吸道、消化道传染，更科学合理些。

我们在医院还安装了视频监控系统和体温连续远程监测预警平台，这两套设备是我们的得意之作。视频监控系统不但能对医院所有重点部位实施全方位立体监控，还能将污染区的病历资料通过专用摄像头传输并储存到清洁区的电脑上，以便值班室随时调取整理，确保了病历资料的清洁完整。体温连续远程监测预警平台，可以 24 小时连续不间断地对留观患者进行远程体温监控。安装这两套系统，都是由我们自己完成的，这个过程中我们费了不少劲儿。弗里敦白天的气温一般都在 35℃左右，像我们北京的桑拿天，就是拧一颗螺丝钉，也会让你大汗淋漓，我们一会儿爬上，一会儿爬下，汗会顺着你的裤子，直接流进你的鞋子里，所以鞋子总是湿漉漉的。

我们在改造医院的时候，特意预留了一个第四病区，有 15

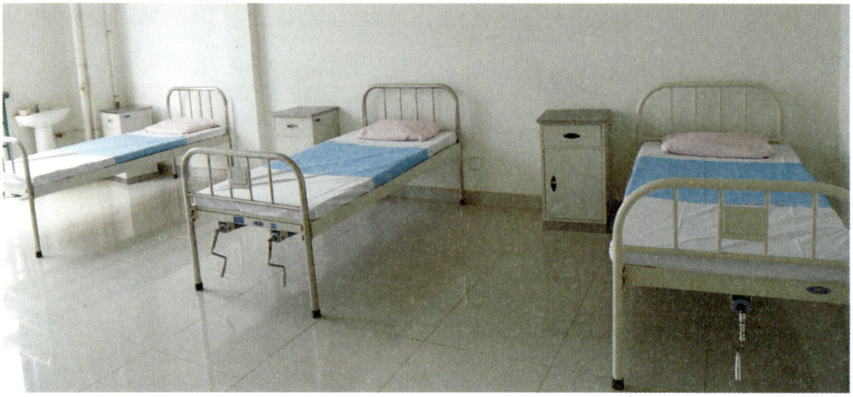

◎ 中塞友好医院病房一角

张病床，这个病区是专门为我们医疗队员准备的。大家心里都清楚，万一医疗队有人感染了，我们不可能请求让别人来救我们，也不希望被运回国内接受治疗，只能自己救自己。每次路过第四病区，看到那一张张病床，仿佛就是我们自己给自己准备的一张张棺材板似的，塞拉利昂没有殡仪馆，也没有火葬场，如果哪个队友牺牲在这里，可能连人带床板一起直接被抬走烧了。

当年“非典”疫情暴发时，党中央、国务院要求迅速在北京昌平的小汤山镇建设一座能够收治“非典”患者的传染病医院。从 2003 年 4 月 25 日开始动工，一边盖简易房，一边改图纸，同时，药品、医疗器械、器材也要全部到位。仅仅七天七夜的时间，一所拥有 1000 张床位的传染病医院就建成启用。

如今在弗里敦再现了“中国速度”，这必将成为中国传染病防治史上的一段新的传奇。

# 仓促开诊相当于自杀

但如果塞方人员的培训不能达标，就这样仓促地投入工作，开诊就等于自杀，会很快毁掉整个救治行动。

**穿防护用品流程（略）：**

4. 戴N99医用防护口罩。戴前先检查口罩生产日期是否过期，有无潮湿污损；识别口罩内外、上下，检查口罩是否包装密闭，一手托住防护口罩鼻夹或松紧带，一面向上、向外，使防护口罩罩住鼻、口及下巴。一只手将下方系带拉过头顶，放在颈后双耳下，再将上方系带拉至头顶中部。一手按住鼻夹，另一手于一侧拉紧松紧带，换手，按住鼻夹，并拉紧另一侧松紧带，调节好松紧度。深呼吸和呼气应感觉或看到口罩略微有鼓起或塌陷，若感觉有气体从鼻梁或面颊部泄漏，则要重新调整系带的位置。

8. 戴内层手套。打开手套包，取出手套。检查是否有破损漏气。将手套戴好，然后将手套套在防护服衣袖外。手套要套住防护服的袖口。内层手套一般为绿色，外层手套一般为白色，如果外层白色手套破损，内层绿色手套很容易显露出来，从而引起人的注意。

**脱防护用品流程（略）：**

2. 进入第一缓冲间，脱一次性防水隔离衣。这时要二人协助。解开颈后带子，将隔离衣从胸前向下拉。左手捏住右侧衣领内侧，下拉，脱下右袖。将隔离衣污染面向里，衣领及衣边卷至中央，丢至医疗废物容器内。医疗废物容器要轻开轻合。

3. 脱外层手套，弃于垃圾桶内。脱手套的正确方法：①用戴着手套的手捏住另一只手套污染面的边缘将手套脱下；②戴着手套的手握住脱下的手套，用脱下手套的手捏住另一只手套清洁面（内面）的边缘，将手套脱下；③用手捏住手套的里面丢至医疗废物容器内。

——摘自《埃博拉防治指南》

2014年9月14日，塞拉利昂西区拉姆利政府医院的负责人巴克医生，因感染埃博拉病毒死亡。当时塞拉利昂已经有4名医生在抗击埃博拉病毒的过程中感染死亡，约有50名护士也已经死于这一传染病。在利比里亚，1名“无国界医生组织”的法国女护士，在参与医护救援中也感染了埃博拉病毒，9月19日法国政府将她从利比里亚接回法国，在巴黎郊区的一家军队医院接受特殊治疗。在美国，9月28日至30日，因曾接触美国本土首例埃博拉病患邓肯的女护士尼娜也出现了埃博拉症状，经检测埃博拉病毒呈阳性，尼娜也成为在美国被诊断出感染这种致命病毒的第二人。尼娜护士表示她在长老会医院护理邓肯过程中都是身穿防护装备的，包括衣服、手套、口罩和防护罩等。但疾控中心主任弗里登证实，长老会医院显然有违反安全操作协议的做法。

在塞拉利昂600万人口中，只有1000名左右的护士，而且这些护士中有一半的人甚至连抽血都不会。按照世界卫生组织提出的埃博拉留观中心医务人员配置标准，40张床位需要配备4名医生、40名护士、40到60名保洁人员，而中国医疗队中仅有5名医生、8名护士，想要接诊收治埃博拉留观患者，医护人员的人手实在是太少了。经过与塞拉利昂卫生部协商，塞方为医院调配了47名护士和40名保洁人员。这87名塞方人员大都没有经过正规的护理专业学习和培训，有些人只接受过由教会提供的基础护理培训，但也就是几个月的时间，传染病防护知识几乎为零。

怎么才能让专业常识近乎空白的人，经过短暂的培训，便能够在传染病区称职地开展工作。医疗队想了很多办法，比如培训人员做一步，塞方人员跟着做一步，集中示范教学。

护理组组长刘丽英和培训队员们冒着35℃以上的高温，身着11件防护用品：一次性分体工作服、N99医用防护口罩、一次性防护帽、护目镜、一次性防护服、内层手套、外层手套、一次性防水隔离衣、防护面屏、防水雨靴、一次性高鞠靴套，这11件防护用品是中塞医务人员防控埃博拉病毒的最基本的装备。他们不断地示范如何穿脱防护用品，以及逐步分解36道穿脱流程。正常情况下10到20分钟就能完成的穿戴流程，往往需要一个多小时才能完成，而脱的流程更为复杂，时间更长。每脱一件防护用品，队员们都要用消毒液对双手进行一次消毒，并严格按照从上到下穿戴、口罩先戴后摘、穿脱不颠倒等10条原则要求，其复杂程度难以想象。

培训过程非常折磨人。每一轮培训演示下来，培训队员们不仅嗓子哑了，整个人也是大汗淋漓，体力几近极限。即便这样努力，经过几天的培训，队员们还是发现根本达不到预想的效果。塞方医护人员一时很

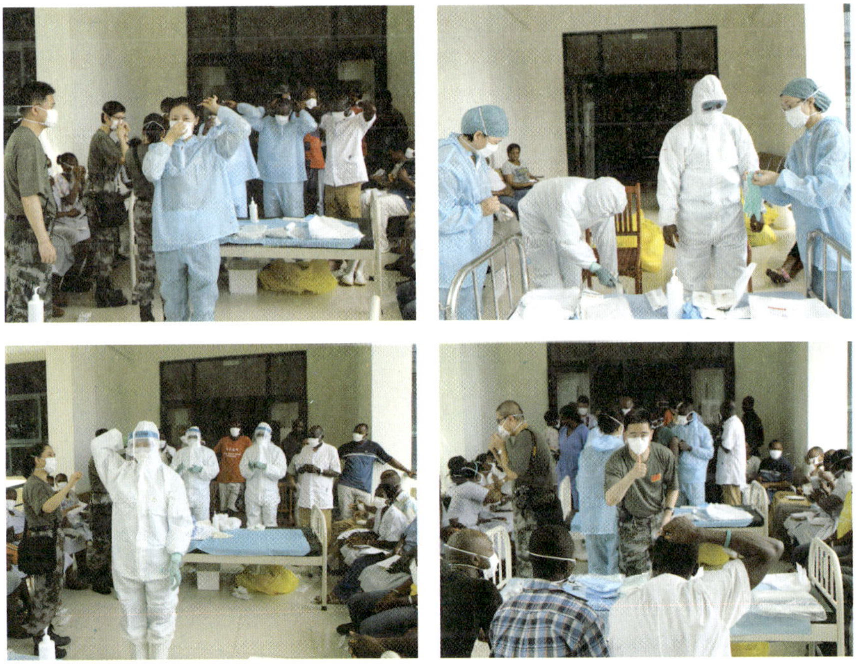

◎ 培训塞方医护人员

难接受并完全掌握这些。大多数塞方医护人员都不能通过测试。

在每天的培训中慢慢建立起基本信任非常重要。有了信任，双方才能更好地沟通交流，塞方医护人员才能更认真地去学习。医疗队带去的设备基本都是中国产的，没有英文说明书，包括设备的操作说明、穿脱防护服的流程、呕吐物应该如何清理、怎样消毒等，这些需要全部翻译成英文。医师组队员晚上经常通宵达旦翻译，以方便塞方工作人员阅读。

塞方保洁人员受教育程度不高，说明书有很多地方看不懂。队员们就从他们当中选出一个受教育程度相对高一点儿的人，先给他讲明白，然后再由他翻译成当地的土语，向其他保洁人员讲解。

后来，防控组组长贾红军想了一种看似非常简单的办法，就是手把手教。比如从进入病区第一个步骤开始分解，怎么走，走到哪里，做什么，怎么做，做多长时间，什么时候返回，逐一分解示范。教 1 遍能有一点儿印象，教 2 遍印象便开始加深，教到 3 遍、4 遍的时候，他们就有些熟练了。于是，医疗队的医生分几组，护士分几组，手把手地教，一点儿一点儿地带，3 天就能把所有的程序走一遍。

几个流程下来，成效显著，比集中示范、视频教学的效果好了很多。就这样 1 带 1、1 带 2，教完以后队员再监督塞方人员一步步走流程。这种方法看起来比较笨拙，但却是当时最有效的办法。当然，后期还有持续的监测，发现问题及时纠正。实际上，培训从没有间断，一直贯穿到工作结束。培训就是靠这样一遍一遍地磨，不厌其烦地重复，直到成为塞方工作人员的本能反应。

但是疫情不等人，塞拉利昂政府和中国驻塞大使馆都希望中塞友好医院埃博拉留观中心能够尽早开诊。但如果塞方人员的培训不能达标，就这样仓促地投入工作，开诊就等于自杀，会很快毁掉整个救治行动。

只有加紧继续培训，别无他法。1 遍不行 2 遍，2 遍不行 3 遍，一套动作每天至少重复数十次。经过努力和严格训练，最终塞方 87 名工作人员逐一考核合格后持证上岗。在培训塞方工作人员的过程，也是队员自

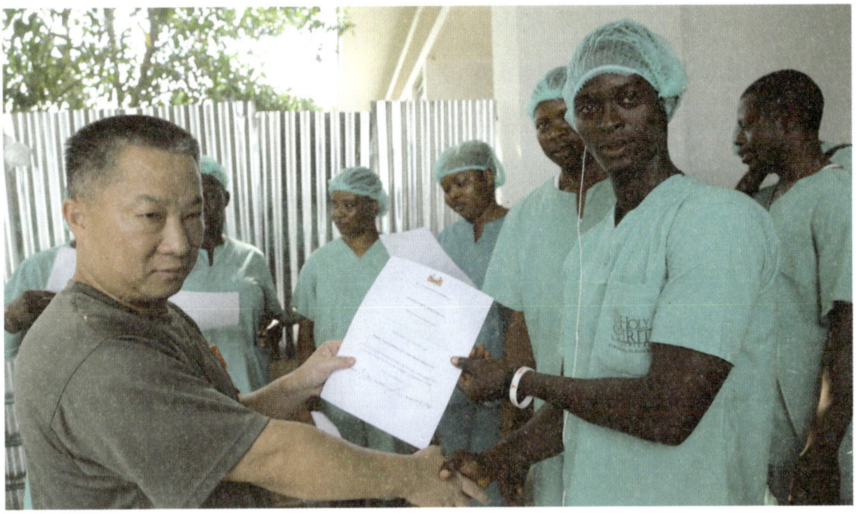

◎ 李进队长为塞方医护人员颁发培训合格证书

身巩固提高穿脱防护服能力的过程，当时医疗队接到任务3天就出发了，没有来得及系统培训，大多都凭着“老底”。护理组组长刘丽英说：

> 培训的效果有限，他们具体操作总会出现让人提心吊胆的状况，必须严格监视随时可能出现的粗心大意，保持足够的耐心，毕竟我们与病毒天天打交道超过10年之久。塞方的保洁大概40人左右，医护人员将近七八十人。医护人员的素质相对高一点儿，大多在医院里干过一段时间，而那些保洁人员，也是所谓的工勤人员，他们大多没经过什么正规的医学训练，文化水平有限，培训随时随地，的确是伤脑筋的事。只能一手拿着词典，一手拿着编好的英文版的材料，一点一滴地教。比如配置消毒液，告诉他们浓度是百分之几是白费的，我会在使用的消毒桶上画好清晰的线，告诉他们水加到这条线，加几瓶消毒液，或者加多少消毒片，照此操作就行了。指示必须尽量简单。

监控摄像头、闭路监控都是从国内带过去的。主要是对病区的监管，我们能够更好地监控或者说更好地观察病人，毕竟我们医生护士不可能24小时穿着防护服一直待在里面。在我们脱防护服的通过间也装着摄像头，监管每一个人工作人员。穿防护服一般是没有问题的，穿的都是清洁的，不会被感染，脱的时候是就不一样了，那时防护服已经被感染。需要监控每一个人脱防护服的过程，始终有一个坐在监控器前面，出现不符合标准流程的操作马上通过步话机提醒。在这里要从防控上管理好每一个人，还安排保健医生每天对自己的人、对塞方的人进行身体检查。

# 中国特色

医师组组长　秦恩强

经过这么多年的积累，我们的传染病防治流程完善，是完全值得信任的。

在接受任务时，我们的心里还是有几分底的。为什么赵克石部长提出由三〇二医院承担这次任务，因为他定期到我们医院来考察，对我们这支队伍很了解。赵部长对我们的应急医疗队，也叫野战传染病医院，专门进行过全程观摩，知道三〇二医院的家底。经过这么多年的积累，我们的传染病防治流程完善，是完全值得信任的。我们是军队单位，每年都进行拉练，关键的时候能顶上去，能承担这个使命。

医疗救助对我们而言，不需要特别的准备，这不是吹嘘，那些东西就在我们脑子里，就在日常工作之中，我们天天都在做。我一直工作在三〇二医院感染性疾病诊疗与研究中心，就我个人而言，除了皮疹和拉肚子以外，其他类型的传染病，艾滋病、不明原因发热、疟疾、布什杆菌病等，每年收治的病种在50到70个，一年收治几千人，患者遍布全国。所有法定传染病和非法定的都收治在我们中心，目前中国传染病发病水平很低了，高度散发，有的传染病一年就那么一两例，没有经验是诊断不出来的，治疗也做不到。

当然，对于怎么把中国特色的医疗方式成功地用在非洲，心里还没有底。我印象深刻地记得，在专机上几乎没有人交谈，都有些心事重重的。埃博拉死亡率高达90%，传染率极高，我们的防护一旦出现疏忽，后果难以预料。我们去治病救人，首先自己绝对不能出事，这是底线。习主席讲的“零感染”，也是带着几分担忧的。

埃博拉以前只在非洲局部小范围内爆发过，最初并没有人意识到这次暴发的严重性，后来局面失控，甚至美国、英国、西班牙也出现了感染病例，这个时候全世界开始高度紧张起来，把这次埃博拉暴发列为全球突发公共卫生事件。西非医疗卫生的基础差，政府的管控也做不到位。

非洲有很多疾病和这些年的过度开发有关，使得人和未知病原体接触的机会大大增加，艾滋病的起源也是这样的。很多疾病都来自当地的野生动物，和人类的接触增加，感染的概率增高。目前，中国和非洲的交往密切，生活在非洲的中国人员越来越多，感染疾病的可能性很大，其中威胁最大的还是疟疾，因为蚊虫叮咬防不胜防。据官方报道，每年非洲大概有100万人死于疟疾，全世界受疟疾影响的有几亿人。非洲因为特殊的地理环境，造成了这些病原微生物的存在。

从2003年后，我们经历过很多次传染病的考验。从“非典”之后，我们还经历了手足口病、甲型H7N7流感、禽流感等，当“甲流”袭来的时候，我们应对得就非常从容。

近些年我们的海外任务开始增多了。2008年参加完汶川抗震救灾之后，我就接到国家卫生部的任务，第一次去了非洲，在马达加斯加和坦桑尼亚各待了一个半月，在当地援建疟疾防治中心。中国和非洲有一个中非合作论坛，具体落实一些事项，其中就有建疟疾防治中心的项目。第一次去非洲，我的顾虑还是挺多的，非洲的地方传染病实在太多了，疟疾丛生，蚊蝇的传播疾病很厉害，像黄热病、登革热这些传染病，一旦感染就非常危险。

回来得到的经验就是，只要把细节做到了，基本没有什么风险，并没有想象的那么可怕。3个月内，我们4个人去了3次非洲，没有吃任何抗疟药，没有感染疟疾，也有可能是我们的运气不错。但我认为，要知道如何正确预防，比如说怎么防蚊虫叮咬很关键，白天的蚊子传播什么疾病，晚上的蚊子传播什么疾病，都了解得清楚了，防住了，蚊虫不叮咬，就不会染上疾病。

2009年，在再次去非洲之前，“甲流”就来到了。2003年“非典”后，国家意识到传染病防控的重要性，开始建立一整套联控机制，等到“甲流”

到来时，国家已经具备防控能力。但我觉得有点儿应对过当，浪费很大。当时的政策就想御国门以外，从各个关口查，其实这种病有潜伏期的，如果一个病人境外感染，到国内才发病，过海关的时候是查不出来的。事实证明“甲流”也不是多么可怕的疾病，后期防治就比较科学了。“甲流”从墨西哥暴发，当时我们国家还是比较紧张的，北京紧急启动预案之后，我们医院是驻京的一个“甲流”收治点，我们临检中心除了是全军的网络实验室，也是北京市“甲流”网络实验室，开始叫初筛实验室，因为我们做得比较好，成了北京市的区域实验室。整个北京市“甲流”检测接近两万例，其中三分之一是我们检测的，峰值时一天检测“甲流”达到700多例，医院检验科抽出来6个人专门做检测。有直接收过来病人做检测的，也有其他地方标本运过来检测的。我们医院也收了一些病人，没有再发生医务人员感染，基本上过一段时间，都成功应对了。

“甲流”还没结束，我就随着“和平方舟号”医院船再次去了非洲，这是“和平方舟号”医院船第一次代表国家出访，以海军的医务人员为主。这艘船是按照三级甲等医院配置的，因为考虑到去非洲会有一些特殊情况，全军又加派了9名专家，我们医院有2名。我们主要是随团保障，万一发生传染病，知道怎么及时去处理。这次又是3个多月，因为在海上航行，非常枯燥，浪高风大，有些人晕船晕得很厉害。在路上，我们就把去过非洲的经验和防控这些传染病的经验给大家做了讲解，大家基本都放松下来。事实证明，我们这一路下来很安全，没有发生一例传染病。

我们刚到塞拉利昂时，塞拉利昂在西非3国中，疫情不算是最严重的。但我们到达之后不久，便成了疫情最严重的国家。收治病人变得尤为迫切，只有把病人收进来，才能把传染源控制住，阻隔下一步的蔓延。大使馆也代表国家下达了指令，希望我们能尽快开工。前期在工作时间上特别紧张，我们9月16号到达，10月1号就要收治病人，只有半个月的准备时间。

好多人根本没有想到，我们会在那么短时间内就完成了病房的改造，并且开始收治病人，更没有想到的是，在很短的时间内，便成为塞拉利昂日均收治病人最多的医院。我们一直处于超负荷的工作状态，比如说今天的任务是 6 个病人，上午已经达到了任务量，但下午又有 6 个病人送来，我们会毫不犹豫地接收。在这种特殊的环境下，完全看一个医生的基本功，当地没有像 B 超、核磁、CT 这样的仪器，就是靠日积月累的基本经验，每种疾病都有最本质的特点。

留观是我们最重要的任务，来的疑似埃博拉患者，确诊的要送到治疗中心。刚开始这个排查过程很复杂，到了后期，病人来了以后，根据以往的经验，问完诊以后，基本上心里就有数了。虽然我们只是留观中心，但经常有病人转不出去的情况，那就得治疗，所以我们一直就是留观治疗中心，不只是单纯留观。每个患者的预后都不一样，有些患者死亡可能是因为来得不够及时，或者是病情太严重了。

# 提摩斯之死

医师组副组长　牟劲松

很多经验都是用生命换来的，我们天天都是行走在死亡线上。

进病区的那天正好是国庆节，我们举行了一个仪式，这样重大的时刻，必须得有一个象征性的仪式，来表达我们此时此刻强烈的心声和复杂而深刻的情感。9月30日上午，我们医疗队在宾馆举行了一次升国旗仪式，国歌此时听起来是如此震撼，又有些悲壮感，队员们代表祖国出征西非的神圣感油然而生。

截至2014年10月1日，塞拉利昂已确诊埃博拉病例2184例，其中550人死亡，数量还在快速地上升。

那一天上午，我们严阵以待等了很长时间，真是紧张而焦急。我们提前一个半小时进入埃博拉病区，那段时间病人一个也没有来。而我们是全副武装进去的，到了正式开诊的时候体力已快透支了。

病人是下午分两批来的，当时我就坐在分诊台接收病人。首批来了5个，隔了半个小时又来了2个。等到7个病人处置结束，我已在病区待了将近2个小时。

◎ 举行升国旗仪式

队员们回忆说，当时汗水哗哗地流，心率加速，紧张倒没有，只是感觉流的不是汗而是水，有些虚脱的感觉。

按照操作规范，病人至少相隔2米以上才相对安全。因为当地的语言我听不明白，我只能时不时跟塞方护士进行交流。塞方护士把病人的信息交给我，接着我通过护士把病人安置到病房里，就这样一个过程持续了将近一个半小时。

一个半小时后，我就感觉有点儿支撑不住了，意识有些恍惚。因为是第一次，有着各种各样的心理活动，既着急，还担心会出现差错。我起身的那一刻，就感觉水哗哗地流进了靴子里。如果再坐一会儿的话，身体承受能力就会达到极限。我一个人是不能走的，在这种情况之下，必须两个人相互监督。穿防护服倒无所谓，但在脱防护服的过程中就要加倍小心，这时候我们的防护服已经受到了污染，如果把污染的东西粘到清洁的东西上，就会污染自己的皮肤黏膜，那危险就太大了，所以两个人必须互相监督，一定得强打着最后一点儿精神。

摘手套的时候劲儿都快没有了，但硬是强坚持住，一步一步按照我们当时设定脱防护服的步骤，一点儿一点儿脱，最后洗完澡再离开。

第四天，首批病人中的那个小孩子卡比亚就死了。埃博拉真的是太凶猛了，当时看那个小孩身体状况还可以，就是精神有点儿萎靡，没想到隔天就死在医院里，这对大家的心理产生了不小的冲击。查房时我亲眼看见那个可怕的场景：那个小孩就躺在地上，鼻子留有血迹。

塞拉利昂省立医院的院长乔治和卡努院长是多年的朋友，他在救治患者过程中感染上了埃博拉病毒，送来后，人很虚弱，站立都有些困难，需要靠在床边上才能保持身体平衡。卡努很着急，我们虽然竭尽全力地救治，给他服用对症的药物，补充盐水，给他足够的营养，遗憾的是，5天以后，乔治院长也去世了。

慢慢地，病人越收越多，老人、小孩，男人、女人都有，而死亡的病人也越来越多。第一周的时候，对大家的心理冲击还蛮大的。这个时候心里没有底，以前从来没有接触过埃博拉病人，我们制定的措施合不合理，有效安全防控的效果还需检验，中间有很多细致的环节，就按照自己的想法不断地调整到位，这都根据多年进行传染病防治的经验。后来我们对工作的各个流程都进行了进一步设计，大约过了 10 天，我的心里已经变得非常坦然了。

◎ 援塞队员用手机给提摩斯拍摄的仅有的一张照片

塞方有一个当地的留观中心的协调官叫提摩斯，负责对几个留观中心巡视指导，过一段时间便会来一趟我们这里，检查接收病人的情况，收集疑诊、确诊病人的信息，还包括检查处置过程中是不是符合规范。我们刚开始的时候有些手忙脚乱，对不少东西有些“水土不服”，处理有不得当的地方，比如病人信息搞不准，床位搞不准，甚至有时候性别也搞不准，某病人本来安置在某个床位上，下次查房的时候，人就不知道跑哪儿去了。协调官提摩斯是当地人，对自己国家的事很熟悉，他就随时帮我们把信息梳理清楚——病人从哪里来的，住在什么地方，目前是什么情况，对我们帮助很大，尤其对我们前期医疗的规范帮助很大。这个协调官 1.75 米左右的个头儿，两只眼睛特别大而明亮，特别敬业，让人心生好感。

但我发现提摩斯对我们过于严格的消毒隔离措施不太认可，可能嫌太烦琐了。中塞友好医院埃博拉留观中心在所有在塞拉利昂的留观中心中算是最严格的。提摩斯还比较年轻，有股不太在乎的劲儿，当时我的队友说他穿隔离衣不遵守规程，手套也不好好戴，他爱答不理的。

我记得很清楚，2014 年 10 月 13 日那天傍晚，下着大雨，突然送过来几个病人，他刚好在我们留观中心。因为我要进去处置病人，便要求提摩斯告诉我病人的具体情况。我听说前一天，也是下着雨，有一个病人死了，当时提摩斯只戴了一只手套、穿着隔离衣，就把病人从院子里运到了病房。这次提摩斯在病区待了很长时间，他给患者送吃送喝的，我紧盯着他的手。跟他在走廊聊天的时候，我叮嘱他得小心一点儿，这样做很危险。可是提摩斯摇摇头，当时并不在意。当我在处置病人的时候，医疗队的护士通过监控发现他从离开病区到走出留观中心只用了很短的时间，判断他没有洗澡、没有消毒。我听了心里直犯嘀咕，面对这么凶险的埃博拉，提摩斯实在太轻率了。

随后有一天，我给提摩斯打电话，问他怎么不来了，有些病人信息还需要他帮助弄清楚，提摩斯回答说这两天来不了了，身体有点儿难受，当时我心里一沉。第二天交班的时候，我就向李进队长和同事说起这事，凭经验和直觉，这样下去太危险了。提摩斯如此不在意，甚至不穿防护服，一旦感染了，后果不堪设想，一定要督促他加强防范，不能有丝毫大意。

没想到7天后提摩斯就死了，死在一家埃博拉治疗中心，一个活生生的人就这样没了。提摩斯的死对我们震撼很大，提醒我们规章制度强制执行有多重要，还有哪些潜在的有风险的区域需要控制感染。从那以后，我们就更加强了防控，很多经验都是用生命换来的，我们天天都是行走在死亡线上。

## 高危时刻

医师组队员　李志伟

我每隔一两天就要经历一次长达一个多小时的窒息。

我们队长是第一个进入病区的，我个人觉得多少有些莽撞，他出了事怎么办，后面还有一大摊子人呢。头一天晚上的会议上，我就一再反对，吵得很厉害，现实总是会超出想象的，我知道他力排众议，是为了想带个头。我是跟着进去的，神经绷得很紧，呼吸频率加快，汗如雨下。我们当时戴的是N99口罩，说实话，这个时候，“非典”时期用的N95猪嘴口罩更合适一些，就像一只小碗倒扣着，至少保留一个呼吸的空间，打湿了也无大碍。而N99是平面式的，虽然与皮肤贴合紧密，呼吸防护效果好，但要命的是，汗湿后会立刻贴上去，就像湿泥巴糊住了嘴巴和鼻孔一样。没过多久，我已经快窒息了，过度紧张再加上大量出汗，口罩湿透了，我觉得下一秒钟就会昏倒在地，于是告诉旁边的同伴我已无法支撑，然后摇摇晃晃地走出病区。人憋成那样，还是得按着流程一点点脱防护用具，接触过病人后必须这么做，那个时候真的要疯了。等防护用具都脱掉了，我发现自己的嘴唇已经紫了。队长还在病区呢，我不能在这里多待。我迅速喝了一瓶水，缓了缓，又重新换了一套装备进去了，这样硬撑着总算挺过了第一天。然而我每隔一两天就要经历一次长达一个多小时的窒息，呼吸一直是这里每个人遇到的大问题。

◎ 通过监控系统实时察看病区情况

在这样的环境中，监控也非常重要，我们在关键点都设有监控头，医生在办公室里就能实时看到病区所发生的一切。我们通过监控发现塞方的人员穿脱防护服并没有严格按照流程。

◎ 通过对讲机实时通报病区情况

一开始中塞工作人员一块儿上下班，后来发现这样不行。在这个环境中很容易出现交叉感染，那出了事故责任就大了。不得已，我们划分了区域，我们从二楼进出，他们从一楼进出，这里并不含有歧视，完全是出于科学防控的考虑。我们曾经专门和塞方的管理人员交涉，告诉他们："你们这样做太危险了，无法保证医疗安全，特别是你们工作人员的安全。"为此他们专门进行了人员整顿，开会教育，尤其在出病区的环节，专门设人检查，我们也通过监控持续监督他们。他们是我们的同伴啊，要通过各种手段，最大限度地保证他们的安全。

我们计划借鉴防控"非典"的经验，采取集中管理分批轮换的方式。但是很难实施，工作人员一下班就各自回家了，回家途中和回家后有很多被感染的机会。比如坐公共汽车时，旁边可能就有埃博拉病人，再比如家里有亲属死于埃博拉。所以说，我们只能随时指导，但还是不能完全控制。

当他们从家里回到医院时，第一，我们会在大门口给他们测体温；第二问症状，不发烧不等于没感染，埃博拉有潜伏期，发病之前没有传染性；第三问他们的接触史。他们的素质还不错，一般不会因为不小心而被感染。但是通过这几项措施，我们还是堵住了几个感染者。

原则上来讲，病人是在社区里抽好血，再被送到留观中心等结果出来。阳性，我们就送到治疗中心；阴性，再送回社区中心去治疗。但因为9月疫情大暴发，这个流程执行不了。好多病人临床出现症状，没有抽血就送到医院来了。有些病人来了就会问，怎么没有人给我们抽血，等久了他们就会特别着急。安全起见，晚上我们会把走廊的门锁上。有一些病人就不干了，说我们对他们放任不管。

医生和护士进去查房的时候，他们一下子就围上来，搞得我们特别紧张。我们马上就与塞方卫生部沟通，问他们为什么没有给病人抽血。对方说实在忙不过来，就让我们自己抽血。但塞拉利昂执行的是英国的医疗制度，也就是说，所有的有创治疗是由医生来做，比如说抽血、注射、输液，护士是没有这个权力的，这和我们国家不一样。我们的医生一般不做这类工作，再加上当地人的皮肤看不清楚血管，让医生靠着经验去扎，还真有可能出错。

不得已，我们专门从塞拉利昂卫生部的一个治疗中心借了 3 名抽血队的人员。借给我们后就不让他们走了，实在没有办法，我们每天那么多病人，多的时候，一天 20 多个，必须得给他们及时抽血，早点儿抽血，早点儿诊断出来，是对病人负责。世界卫生组织规定医护人员在病区不能超过一个小时，因为会脱水，而且防护用具湿透了以后，防护效果就会大大降低。

于是我们就跟他们沟通，让他们一次少抽几个，多进几次就行了，不能坚持时间太长，这样有可能伤害到他们自己，也可能传染别人。另外我们还给他们一些小费奖励。但前提条件是，第一保证抽血，第二保证自身的安全，不能污染环境，完全按照程序走。

一开始塞方的保洁人员进埃博拉病区清扫垃圾时，要由我们带着清扫呕吐物、排泄物。

那些保洁人员非常恐惧，第一次有些人拒绝进入病区。我当时就说，我跟你们一块儿进去。于是，我拿着拖把、扫把、水桶，泡上消毒片，这样他们才敢跟着一起进去。我印象最深的是，收第一具尸体时，没有一个人敢上前。那个人就直挺挺地躺在那儿，谁也不敢过去触碰。我只能带着我们值班人员去收尸体，保洁人员就跟在我后面。我指挥一个人抬腿，一个人抬胳膊，把人放进收尸袋子后，让一个人背着喷壶过来喷洒消毒液，然后把拉锁拉上。

就这样，一边指挥，一边和他们一起干。他们逐渐熟悉了流程以后，我们的工作变得轻松了一些，但是我还是坚持每天跟他们一起进去，只要我站在一旁，他们就会安心很多。

那时我每天都睡不好觉，脑子总在想工作可能存在哪些漏洞，哪个环节可能有问题，基本上天天琢磨这些事情，我算是天天挨着埃博拉的人。

闫涛是队里单次进入病区时间最长的，有一次待了整整两个半小时。他并不强壮，人瘦瘦巴巴的，那一天接收的病人比较多，一次来了 8 个。他出来的时候，除了最外层的防水隔离衣没有湿以外，里面全湿透了，连防护服都湿透了，人也到了濒死的程度，很危险。从此，我们更加严格规定，一个人进去最长时间不能超过一个半小时，这是身体的极限时间。

但也会遇到意外，比如新收治的病人，要问流行病史、填表格，加上语言沟通的障碍，时间就会很长一些。调度中心分配的病人已经让我们满负荷工作了，还有一些病人是自己来的，一般都是因为家里有人发烧或者因为埃博拉死了，完全是计划外的，我们进行检查后，该接收的也要接收，于是额外增加了工作量。

后来我们开始实行备班制，一次去两个组，一个组进，一个组预备，一旦出现突发情况，来的人太多什么的，两个组可以一起进。

后来工作时间长了，大家对这种高压的状态习惯了，相互之间还可以开玩笑。一开始都非常严肃，都不知道该说什么，没有交流的欲望。在宾馆还好，一到了医院，所有人都默默做手边的事。当时真应该带一个心理辅导师过去。那种恐惧的气氛一直伴随着我们，直到人上了回国的飞机后才有所消解。人已经失去了常态，变成了另外一个人，比如综合内科的王冶主任，平时是非常风趣的一个人，在那样一个环境里，也变得沉默不语了。人一旦在失去安全感的状态下会失语的。但也不是说，这次经历会留有什么心理创伤。今年 9 月 16 号，算算已经两周年了，第一批队友们有一次聚会，一提起当时的那些事情，就好像过电影一样，如同发生在昨天，几乎每件事大家都能回忆起来。怎么会忘记呢！

# 21　天

防控组队员　秦玉玲

在那段时间，我一直对自己实行着自我隔离，尽量不跟大家直接接触。这种情况发生在这里任何一个人身上，他们都会像我一样，有意识地保护自己的同伴。

在中塞友好医院，医疗垃圾、废物处理这类工作，都以塞方保洁人员为主，他们经过大量的培训，已达到能够独立上岗的要求。前期病人的症状一般比较重，像呕吐、呕血之类的还是比较多的。

2014 年 10 月 5 日，那一天轮到我值班，我把工作做完后，就从病区出来了。然后，我就通过视频监控检查塞方工作人员的具体操作，看看是否有违反操作流程的，要及时纠正他们，这一点可容不得半点儿含糊。通过监控，我看到分诊台那个地方有 2 名患者，一个躺在候诊椅上，一个则蜷缩在地上，而且在吐血。这还是开诊之后我看见的第一例埃博拉病人吐血的情况，他吐了两摊血，人特别虚弱，就躺在地上来回蹭，把血蹭得到处都是。当时的情况非常紧急，旁边还有其他病人。

看到这一情形后，我马上通过对讲机通知塞方保洁负责人穆萨，分诊台有病人在吐血，需要派人尽快去处理，以免污染源扩散。在等待期间我有些着急了，没有多考虑，穿上防护服，就一个人进入病区污染的地方，很快就把两摊血处理干净了。

处理完之后，我从病区回来脱下防护服，心里开始紧张起来，毕竟是第一次一个人处理这么危险的污染物。

按照规定程序，发生这种事情，应该有一名医疗队员和保洁员一起处理。但显然这次的情况把塞方保洁员吓坏了，不敢靠近。这属于突发的紧急情况，只能我一个人去，根本没时间多想，这种污染实在太严重了，我只是一心想赶紧处理干净。后来想想，自己的举动多少有点儿冲动和莽撞。晚上下班回到宾馆驻地，我就向医疗队防控组组长贾红军报告了这件事。

我详细地向贾红军讲述了当时发生的情况，他听后还是表现出了担忧，然后对我说：“姐姐，以后再发生这样的事情，一定要带上塞方的保洁人员一块儿处理。咱们的目的是教会他们自己处理，可以在一旁指导，但千万不能一个人去贸然处理。我们最终的目标是要培养一支带不走的传染病防治队伍，所以要教会他们去处理各种突发的状况。”随后，贾红军组长就问我是怎么处理的，尤其是对血液的处理过程，我就原原本本地复述了当时处理的每一个细节：先是用带有消毒液的专用物品把血液覆盖，覆盖一定时间后再进行清洁，清洁完了再消毒……

听我讲完之后，他当时“嗯”了一声，然后说处理还挺专业的。我打包票说，咱是传染病专科出来的，干了这么多年，在处理流程步骤上，不会有什么问题。可说实在的，后来一想，心里还是有一点儿不确定的紧张，当时这种病的死亡率非常高，而且病毒防不胜防，否则其他国家的医务人员怎么会感染上呢？谁又能百分之百地保证说不出问题。贾红军组长看出我有些紧张，就安慰我说：“你处理得没什么漏洞，凭我的经验，没有啥问题的，回去好好休息吧。”

虽然得到他的肯定，但我的心里还是一直忐忑不安。我那天晚上想得特别多，久久无法入睡。我们的目标是打胜仗、零感染，带出来的人要一个不少地带回去。但是限于条件，好多事情还得我们亲力亲为，毕竟塞方工作人员是零基础培养起来的，没有什么实践经验，虽然培训合格了，但碰到突发情况，他们还是会心生胆怯，那可是超级病毒埃博拉啊，目前还没有哪个传染病能与它相比。那种恐怖气氛不到一线是完全体会不到的。

带着忧虑，我把这事又跟防控组的王新华大姐说了，新华姐也有几分担忧地说我当时太冲动了。

之后的日子里，我就自己默默地倒计时算时间，每天还是在正常工作，大家也都看不出什么。以前在医院看的都是别人的死亡，是一个旁观者，这次轮到自己了。这一次完完全全真实地体验到了，我当时真的认为自己感染上了，马上要死了。

一直到 25 日晚上，掐指一算，那件事已经过去 20 天了。25 日晚上吃完饭后，我站在宾图玛尼宾馆的阳台上，贾红军走过来对我说：“姐姐，今天我跟你说一件事情，明天就是 26 日了，也就是‘隔离观察期’的最后一天了，观察期一到，你就真的没事儿，真的安全了。”我当时眼泪都要掉下来了，心里特别感动，没想到贾红军也在一直默默地陪着我受煎熬，而且不动声色地照顾我，生怕加重我的心理负担。我就问他：“你一直在和我经历这件事，一直还在惦记着呢？”他点点头说：“我当然得惦记这个事了，在这里的每个人我都得看好。”我实在没想到他在和我一起经历着生死考验，而且一点儿也没有表露出来。

在那段时间，我一直对自己实行着自我隔离，尽量不跟大家直接接触。这种情况发生在这里任何一个人身上，他们都会像我一样，有意识地保护自己的同伴。虽然我们没有处在战火纷飞的战场，但这和上了战场又有什么区别？这是一个没有硝烟的战场，敌人看不见摸不着，但敌人真真切切地存在，并且异常凶狠。我们医疗队的每一名队员都在默默地保护自己的同伴。

那 21 天我真的可以用“煎熬”二字来形容。

## 收　尸

医疗保障组组长　郭桐生

我们不远万里来到这里，无偿地帮助你们国家救治病人，请你也帮助一下我们吧。

**死亡患者尸体处理的流程**

1. 尸体处理人员必须穿着 PPE，再加戴一双厚的长臂橡胶手套；

2. 明确患者是否是埃博拉疑似患者、是否已经留取了血样，如果在死亡前没有留取血样，应留取咽拭子送检；

3. 用 0.5% 含氯消毒剂喷洒尸体，将尸体放入尸袋并确保完全封闭所有开口，再次用 0.5% 含氯消毒剂喷洒尸袋。如果没有尸袋，可以用两层在 0.5% 含氯消毒剂浸泡过的棉布包裹尸体，然后再用塑料布包裹，用胶带封闭边缘，最后再次用 0.5% 含氯消毒剂喷洒；

4. 通知社区监测部门和埋葬队；

5. 在尸袋外面标记患者的姓名、性别、ID 号；

6. 将处理好的尸体包裹妥当放置于专门的隔离区域（此区应属于最高感染风险区域），等待埋葬队运送处理。

——摘自《埃博拉防治指南》

作为一名医务人员，当一个病人死亡之后，停放在病房里面，是很着急的。尸体无疑是重要的传染源，我们接收的病人，平均每天死亡一到两个。尸体统一由塞拉利昂卫生部的一个调度中心的收尸队来处理。

在塞拉利昂，运送埃博拉留观病人的是一个队，收尸的是一个队。但是，当时整个首都只有七八辆救护车，他们有时候车调度不过来，救护车既要拉病人到医院，又要运送尸体。

在我们正式开诊接收埃博拉留观病人的第三天，也就是 2014 年 10 月 3 日，有一个病人去世了。因为天气炎热，尸体很容易腐烂，队员们心里挺着急的，马上就和塞拉利昂埃博拉调度中心联系。调度中心答应派人来，但是当天并没有人过来，一打听才知道是司机和运送人员在闹罢工。中塞友好医院门口由塞拉利昂的军方和警方把守，因为咱们国家疾控中心在这个院里面有一个移动实验室，也有车要运送埃博拉标本到这里检测。中塞友好医院看门的塞方工作人员每次开门都很紧张，需要穿戴好防护服和手套，他们严格按照规定开门，两次开门时间要间隔半个小时以上，不是有需要就能随时开门。

收尸队第二天来得比较晚，大约是下午四五点的样子。医院大门刚开过，要等半个小时才能再开，可是那辆车不可能再等，再等他们就要下班了——塞拉利昂人下班非常准时。结果这天尸体没被收走，又停放了一天。

这下，医疗队上下都急了，尤其是李进队长一直沉着脸，可想而知他的心理压力有多大。晚上，队里开会专门讨论这件事，决定一方面让孙捷教导员带着翻译王姝去卫生部沟通，协调这件事；另一方面让我们紧盯运送车辆，一定要让它开进院子里。

按道理说，我们打了电话，收尸队的人员就应该马上赶来。我一直不间断地与收尸队的队长联系，虽然每次对方都说马上就来，可还是一上午都没有来。到了下午的时候，我们通过门口的摄像头看见一辆车开过来了。我们站着的那个地方距离医院大门至少有 500 米，发现那个收尸的车又被挡着进不来。收尸队的人员与门口守卫交流了一阵，车好像要掉头开走。

李进队长急了，就站在楼上大喊，说无论如何也得让车开进来，但是对方听不到。我当时站在李进队长旁边，就主动上前说："队长，让我去吧！"这时，停尸间已经有 3 具尸体了。那几天气温一直都 30 多摄氏度，尸体在膨胀，已经成为巨大的传染源，里面的细菌会发酵。

我跑过去拦住收尸队队长迪恩，用英语跟他交流，迪恩摇着头说："你们没有死亡患者清单，也没有填死亡信息，什么都没有，所以不能收。"

然后迪恩队长掉头准备走，我立即挡住了他的去路，相当诚恳地对他说：“我们刚来这儿，不了解收尸的流程是可以理解的。但 3 具尸体已经在这里停放了 3 天，现在又是这么高的温度，这是十分危险的事情。”

他摆摆手说：“那也没办法，我们得按规矩办，你们只要有清单我们就收。”

我盯着迪恩的眼睛说：“我们不远万里来到这里，无偿地帮助你们国家救治病人，请你也帮助一下我们吧。”

也许是这句话打动了迪恩，他说：“好吧，我在门口等你，我决定收了，你赶紧进去办手续。”

于是我跑得满头大汗，找到了塞方的卡努院长，去办理这些手续。起初我们确实不太了解他们的医疗制度。我问卡努院长是否有清单和死亡证明，他说只有两张死亡证明。其中一个人进院时已经死亡，无法查清他的名字。我办完手续，盖上中塞友好医院的章，再把所有手续交给迪恩队长。但那个不知姓名的人就没办法了，迪恩队长坚持说没有名字就没办法收。

卡努院长出面交涉，说了几句话，下面的人才把尸体全都抬走。问题终于解决了，大家都松了口气。这之后，收尸的事情变得顺畅了许多。

尸体没有收走的那 3 天，李进队长的脾气特别大，这个事压得他难受，有时会对人发火。当队员们从监控里看到收尸队把第三具尸体收走后，李进队长指着屏幕说，可算收走了，笑容自然而然地流露出来。当时我就调侃说：“队长，这段时间还是头一次看到你笑。”当时李进队长笑着回应道：“今天晚上终于可以好好吃饭睡觉了。”

第一次在海外执行这种大型的任务，工作上的压力确实是很大的。每天早上 5 点多醒的时候，就盼望着餐厅亮灯。一亮灯，我就赶紧穿上衣服，跟他们做早餐去，其实并不是爱做饭，只是想做点什么，脑子就可以暂时不想工作上的事情，感觉就能轻松一点儿。很难受的时候，就爱钻厨房，哪怕剥一颗蒜也好，情绪能暂时舒缓一下。

第二批队员来接替我们的时候，我们寻思着好不容易自己的人来了，怎么也能见个面。当然因为怕接触传播，还是没有让我们见到，心里感觉有点儿不是滋味。

当时，我们就在候机大厅里打扑克等飞机，那段时间真的是难熬。开始说飞机 11 点落地，结果晚点了，这个特殊时期发生什么都不算是意外了。我们心里还是很急躁，打扑克的心思也没了，一直到下午 1 点多，飞机才真的降落了。一看到东方航空的飞机落地，我留着看行李，剩余 5 个人扑克牌一扔就跑了，我只能老老实实地待在原地兴奋地喊了两声。他们全趴在候机大厅的玻璃门上，盯着飞机大声喊叫着，还有一些人听到飞机落地时轮胎摩擦地面的声音，便捂着脸哭了，强大的压力一时间释放出来，真的是百感交集，难以诉说。

## “那些中国人在做些什么呢？”

医疗保障组组长　郭桐生

在塞拉利昂我们并不是闭门干着自己的事，对外界不闻不问，我们要参加国际医疗会议，参观其他医院。

塞拉利昂医疗条件较差，他们的医护人员没有接受过防控传染病的基本训练。以前派遣来的湖南医疗队最重要的任务就是给他们政府人员做保健，当地的老百姓基本不去医院看病，塞拉利昂的人均寿命不高，在非洲排名比较低，索马里、利比亚也差不多，南非可能会好一点儿。

疫情暴发之后，私人诊所基本上都关闭了。塞拉利昂私人诊所的数量接近所有医疗机构总数的一半，有中国人、印度人、南非人开的，在私人诊所供职的医生有 100 多人，后来都撤走了，这个时候也没有人来看病。本来医疗资源就缺乏，再加上这些人一走，结果可想而知。塞拉利昂的医护人员因为埃博拉牺牲的数量不少，特别是护理人员，我们临走之前统计有 800 多人。他们国家最好的病毒学家也感染埃博拉去世了。

我们到塞拉利昂，对周围的环境挺恐惧的，跟当地人接触的时候心里总是戒备的，队员基本禁止外出。其实不会说在街上随便碰到一个人，就能把你给传染。有一名西班牙医生，自己买辆车，下班后就在大街小巷乱窜，从不担心自己会染上埃博拉。

在塞拉利昂我们并不是闭门干着自己的事，对外界不闻不问，我们要参加国际医疗会议，参观其他医院。我去过几家医院，其中一家是塞拉利昂结核病医院改建成的留观中心，花了两个多月完工，床位十几张。那些医院里的医疗人员更多的还是塞拉利昂当地人，护工和保洁人员需求量很大，他们配备得很充足。

西方人做事的风格和我们迥然不同，中国人雷厉风行，这样的疫情没时间准备那么充分，要随机应变，随时随地进行调整。西方人首先考虑工作人员是否调配好、有没有到位，帐篷有没有搭好，电是否正常，水是否畅通，然后再决定接收病人的数量。

我们在会议上专门谈了这件事，主持人是塞拉利昂的医生，他催问英国人，你们这个月报告是10张床，下个月还是10张床位，什么时候才能再增加些床位，11月正是疫情上升最快的时期。英国人的回答是，他们的很多配套设施都没有配备齐，无法扩展。

我们没有条件也要创造条件，困难再大也要做。我们国家对埃博拉收治没有标准的规程。与西方来比，我们配备的医生和护士，还有清洁工，都是不充足的，因此工作量和风险都很大。好在我们这些人，基本上都经历过“非典”和“甲流”，再加上医院经常面对一些小型突发的传染病。我们经历得多了，基本功特别扎实，即使面对埃博拉这样的恶性传染病，还是有底气的。

有些外国人认为我们很神秘，会在背后议论：“那些中国人在做些什么呢？”

有一件事让我感触比较深。刚开诊没几天的时候，美国疾病控制中心驻塞拉利昂办事处的一位美裔华人，给中国疾控中心的倪大新主任发了一封邮件，内容大致是说从中塞友好医院埃博拉留观中心康复出院的一位患者，当时检查是阴性，可是到别的中心再检查居然是阳性，也就是说我们的检查诊断是错误的，让我们查查是怎么回事。

听到这件事后，我们非常着急。我们来到这里，工作上一直小心谨慎、如履薄冰，每一件事都想尽力做好。当时我们开会商量，请倪大新主任再与她联系，问清楚那位病人是谁，什么时间来的中塞友好医院，一定要核实清楚。

后来他们也没有反馈，我们进行了自查，仔细分析这件事情，最后得出的结论是：不可能出现这样的事情。我们刚开诊，首批出院的病人在她发来邮件的前一天才出院，按照塞拉利昂的医疗制度，就算这位病人出院当天能立刻住进另外一家医院，再抽血检测，也得3天之后才会得到结果。这在时间上根本对不上，不可能第二天出院，第三天就拿到检测结果。

在塞拉利昂，埃博拉病人血样检测是由两个中心来完成的，一个是中国驻塞拉利昂的检测中心，一个是南非驻塞拉利昂的检测中心。在拉卡地区，两个中心相比，中国驻塞检测中心的速度要快一些，3 天左右能出结果，南非驻塞检测中心一般得四五天。由此我们可以很自信地说，这件事肯定不是在我们留观中心发生的。

我们病区防护的等级比其他国家要高，花的气力更大，选用的装备比他们想得更周全一些，可以说是极限防护，要保证我们的医务人员零感染，这么做不算过分；西方人相比就显得简单得多，我们会觉得他们的防护很草率。我进过英国人的军营，他们就穿了一件隔离衣，还是反复穿的，穿着拖鞋、戴双手套就进去了，他们在检测实验室就这样随意。也许他们对埃博拉研究得很透彻，觉得把关键环节把控住就行了，拿着血样标本就直接进入，在隔离箱里进行检测，隔离箱是真空的，不会往外泄露，达到了实验室环境的要求。还有，美国人有埃博拉的抗病毒的血清和疫苗。人家有撒手锏在手里，他们研究埃博拉已几十年，我们对埃博拉的研究才开始，他们所带的药品和器械比我们全面和专业。有些药物也不会公开使用，只是在关键的时候救命用。因为有一个英国人和一个美国人就是用这个药给治好了。

我们也在做病毒研究，这一次国家检测队也把样本带回来了，他们也做了很好的研究。高福院士第一批就去了，回来把相关研究发表了出来。来自美国的研究表明，埃博拉病毒突变速率远远高于历史数据，接近流感病毒的进化速率，这一结果引起了争论——进化速率的大幅提升将给埃博拉疫苗和药物的研发造成巨大影响。而中国最新的研究数据证实，埃博拉病毒的进化速率并没有大幅增加，而是与历史平均速率相仿。中国疾控中心病毒所已经成功研制出埃博拉病毒核酸、抗原和抗体检测试剂。8 月，病毒所派研究人员与法国巴斯德研究所的 UBIVE 实验室合作，完成了埃博拉病毒检测试剂的验证。中国疾控中心检测队就是携带了这种检测试剂，并利用这一试剂在塞拉利昂开展病毒检测任务。检测试剂的研发意味着能够及早发现埃博拉出血热的病人并及时采取防控措施。

埃博拉首先是美国疾病控制中心鉴定出来的，读一下《第四级病毒》《血疫》，就知道美国人对非洲大陆的疫病研究走得有多远，涉足得有多深。美国传染病的检测小组，在全球建立了400多个检测点。他们在亚太地区也有监测点，老挝边境就设置了疟疾的监测点，他们每年搞一次东南亚疟疾军事大会。他们有很健全的血型库，就这一点而言，我们还是有很大的差距。我们是在参观美国军队的疾病监控中心时，从他们提供的数据得知的，而我们还没有。

世界卫生组织也得依靠美国的疾病控制中心，塞拉利昂卫生部的疫情防控体系也由美国疾病控制中心主导，他们拥有技术和数据的优势。

美国疾控中心主要是做一些培训，制定一些规则；南非主要做检测；其他非政府组织一直在当地搞医疗援助行动，埃博拉暴发之后，他们就直接转来做防治埃博拉的工作；其他无国界组织是独立的组织，不完全受世界卫生组织的管理，虽然相互要进行协调沟通，其中主要的是儿童基金会，再者就是英国的3个基金会，他们在全球招募医务人员。

我感觉通过我们派遣医疗人员，也反映出一个国家的地位。塞拉利昂原来是英国的殖民地，英国人在塞拉利昂的卫生部，或是别的行政机关里面就很有发言权；我们虽然全力帮助他们，但无法做到和他们的官员平起平坐，这当然有历史的原因。还有就是文化的力量太强大了，很多国家都说英语，他们相互交流没有障碍，而我们做不到。像英国人在塞拉利昂建医院，就派去7个医生，再派一个人在当地招护士和工作人员，然后就开始运转了。而我们所有的人员物资都要带过去，等于空降了一所医院过去，机制显然不够灵活，投入成本也巨大。

美英等一些国家行动上比我们更灵活，机制上也更成熟，比如说澳大利亚派遣的医生都是招募的，连会计都是聘用的。跟他们的医生私下聊天，招聘去的医生只要搞过传染病就可以，甚至还有儿科医生，招聘一帮人就过来了，然后开始建立医院，也照样开展工作。

我们算是弗里敦一支很重要的力量，我们行动的速度比较快，塞拉利昂卫生部每周要公开接收病人的数量，从 10 月 1 号开始算起来，我们接收病人的数量最多。

# 食物和水

后勤保障组组长　刁　锴

水的问题如果不解决，工作就无法开展。

我们的物资是通过空运和海运两种方式运送的，医疗队用的猛士越野车是通过空运的。

我们第一批援塞医疗队随机到的 40 多吨物资是雇用当地中资企业的工程车运送的，物资到的时候，正下着倾盆大雨，我们怕物资被淋湿，于是连夜卸物资。十几车物资放在那里，晚上要有专人值班，打着手电巡逻，怕物资丢失。在卸物资的时候，我们毕竟人少，大使馆就请了当地人帮我们。我们都是一块儿卸，然后各自归类。

最多的物资就是防护用品，整整占了两个半库房。11 大类上万件的防护服，是保护我们生命的最宝贵装备。我们还要保障塞方工作人员的使用。因为从飞机上卸下来时就丢失了一部分，下雨被淋坏也消耗了一部分，所以当时我们觉得防护用品非常紧张，得严格控制使用量。到后来各国援助物资陆续到了，塞方工作人员使用的物资就由他们自己解决，我们的物资才稍显宽裕。

后勤物资大部分拉到了宾图玛尼宾馆，当时装矿泉水的纸箱子全都湿透了，我们全部清理了一遍。还有一部分后勤物资留在了中塞友好医院里，像火腿、罐头之类的，平时医生、护士在那边值班，也得垫一垫肚子。

当地的中国人跟我们说，那里蚊子特别厉害，人只要被叮上，就有可能感染疟疾。疟疾又叫非洲感冒，在非洲非常流行，塞拉利昂是重灾区。在塞拉利昂常年工作的中国人，几乎没有不得疟疾的，严重的一个月得好几次。疟疾的典型症状是头疼，全身关节疼，恶心呕吐，时冷时热，有时候感觉自己好了，其实只是处于疟原虫发作的间歇期，下一次发作又会重复同样的症状。

预防疟疾最重要的是防蚊。没有得过疟疾的人，一般对疟疾没有任何免疫力，所以不能大意，所以有“没有得过疟疾就不算到过塞拉利昂”的说法。因此，我们准备了大量的抗疟疾药品和驱蚊剂、蚊香等物品。

塞拉利昂离赤道比较近，这个国家一年就分旱、雨两个季节，我们去的时候，已经是雨季末尾，但仍天天下雨。整个国家基础设施不完善，没有市政管网，自来水供应不上，我们用水出现很大的问题，于是想打井，因为医院建在山脚下，打井的工程量比较大，等我们回国的时候，也没有打出水来。

塞拉利昂的水不能直接入口，否则容易感染伤寒。我们国内的水，都要通过自来水厂消毒和过滤，而他们的水是直接从河道里抽过来的。那里还有一种自来水，叫自建来水，就是得建立引水渠或者引水管才行。我们住的宾图玛尼宾馆还不错，是这种自建来水，但必须要烧开才敢用。

因为水的短缺，我们医疗队就向塞拉利昂卫生部反映。卫生部下设一个病案管理组，每个星期开两次会，讨论一些疑难问题。关于水和电的问题，是我们遇到的问题，也是其他组织都遇到的问题。

即使开了会也很难解决，因为运水车是个难题，要把水从水库拉到医院，塞拉利昂不仅缺少车，还缺少司机，一些困难是无法想象的。

看来水还得由我们自己解决，好在卡努院长在当地的人脉比较广，帮我们联系到了自来水公司。但是运水车非常紧张，他们也是时送时不送的，用水基本难以得到保障。

水的问题如果不解决，工作就无法开展。当时教导员孙捷和翻译王姝带了一些东西，比如方便面、罐头、面条什么的，前去拜访自来水公司的负责人。见面就对他们说，中塞友好医院里有这么多病人需要处置，没有水就得停下来，我们跑这么远就是来帮你们治疗病人的，所以也请你们在力所能及的情况下来帮帮我们。精诚所至，金石为开，就这样我们把这件事解决了。

我们在驻地刚开始做饭的时候，虽然没有新鲜蔬菜、肉蛋之类的供应，但我们来之前做了充分的准备，甚至小到牙签、大到帐篷都带了。我们当时考虑有可能住在野外，连铁锹、镐之类的东西都带上了。吃喝倒不用发愁，我们带足了米、面、火腿、面包、方便面等，有啥吃啥，没有那么多讲究。开始那段时间，我们老是腐竹炖罐头肉、火腿炖罐头肉，顿顿吃，大家都吃腻了。早餐就做点儿馒头，煮点儿面条，熬点儿粥。没过多久，队里的医生、护士就反映，问炊事班能不能别老炖罐头肉给他们吃，哪怕是发包方便面吃也行。

后来，我们后勤保障组想办法找了一个外国供货商为我们供菜，但我们的随队翻译王姝经常出去处理别的事情，她不在的时候我们与供货商的语言沟通有问题，再加上对方要求现金结算，非常麻烦。

好在我们又通过一些渠道找到了一个中国商人，是位大姐，情况才有了好转。她在当地开了一家名叫“中国城”的店铺，隔三四个月就回国采购一批货物，通过海运运到塞拉利昂，因此她那里要什么有什么，后来几乎都是她给我们送菜。

◎ 去中国城超市采购

送来的菜质量不是很好，西红柿长得歪七扭八的，算下来要人民币10多块钱一个，还有当地产的圆白菜、土豆，其他蔬菜大多是进口的。当地的西红柿比龙虾还贵，旁边就是大西洋，盛产海鲜。

# 第二批援塞医疗队

（2014 年 11 月 7 日—2015 年 1 月 21 日）

## 上帝派来的天使

医师组组长　金　波

你们是上帝派来的天使，感谢上帝派来像你们这样的天使。

第二批援塞医疗队先遣组由何巍政委带队，一共8个人。因为我是医师组组长，需要先过去交接班，尽早了解情况，才能把后续工作布置好，包括物资、人员、行车路线等。我们先遣组是分两拨过去的，第一拨4名队员2014年11月7日出发，先到布鲁塞尔停一天，在那里休息20个小时，而第二拨4名队员没有休息时间，只在布鲁塞尔机场等了5个小时。10日凌晨，我们8个人到达塞拉利昂弗里敦机场，然后从机场坐车往驻地赶。那里的路况实在太糟糕了，经过3个小时的颠簸，到达宾图玛尼宾馆已经凌晨3点多了。小睡了一会儿，早晨6点多起床，我们就赶往离驻地28公里的中塞友好医院了。

当时是第一批援塞医疗队李进队长带着我们去察看中塞友好医院的情况，大致了解了一下工作流程，心里多少有了点儿数，后续工作开展没有多大问题，只是有些细节还需要进一步改进。第一批援塞医疗队从改建中塞友好医院到开诊只用了15天时间，之后又用了40多天的时间，把完整的制度和流程建立起来，花了很大的心血，我们的任务是要在这个基础上进一步完善。

看完医院后，先遣组开了一个会，讨论如何落实交接班的问题。医师组、护理组、防控组、后勤保障组等各组的任务各不相同。我们细化了所有环节，想着如何能够顺利交接。一旦开始交接，48到72个小时之内是最乱的时候，最容易出问题，那里的医疗工作不能停止，必须24小时都有人在医院值守，除了医院内的事情，还有各种对外事务，大到与大使馆、中方机构、世界卫生组织和塞拉利昂卫生部门的协调，小到行车路线、采购等，还要更多地和当地的一些华人进行沟通。那个时候，我们 8 个人都是连轴转，真的很疲劳。

第二天，医师组副组长徐哲带着护士进入病房，进一步熟悉工作流程。我跟着第一批援塞医疗队对外联络官去参加国际会议，让塞方了解中国医疗队正在进行交接，会与他们迅速接上头，否则因为是“一刀切”式的交接，塞方会找不到你。

到了要交接的日子，如果我们一次性全部接下来困难很大。李进队长考虑，如果我们提前一天交接，两名医生带两名护士，24 小时轮班，这样做很难，所以尽量把时间往后压，让我们最后两天正式接班。除了医院病房的工作，驻地的工作也要交接，物资也要交接，所有的东西都要清库、盘点，我们 8 个人累得不行了，急得我的牙周炎也犯了。第一批援塞医疗队出色完成了任务，如果我们不把制度和规矩更好地延续下去，一旦流程中间出现纰漏，后面的工作将很难开展，甚至会有医护人员被感染的风险。

徐哲是我们医院临床一线的老大夫，对中塞友好医院的临床这一摊工作抓得也特别细，他带着护理组的两名同志，在医院连续工作了 72 个小时，在正式交接之后，他又值了一天班，异常辛苦。等到后续的 33 名队员抵达，我们马上就领着队员上岗带教，很快就开始了正常轮班。我们一共 8 个医生，1 名医生带 2 名护士，我们发现防控组人员不足之后，就抽调了一名医生支援他们。我们是在高危险的环境中工作，一定要把好防控这道门，不是别人在管我们，而是我们自己要管理好自己，才能把防护和隔离做好，把疾病挡在隔离区里。

我们对塞方的护士也做了集中管理，他们绝大部分能够遵守我们制定的制度，基本是住在医院或者在外面单独居住，为尽量减少接触外人，也都在医院吃饭。他们看到中国的医生护士与他们并肩面对重症疾病、积极救治他们的同胞时，都备受鼓舞。

但是，塞方工作人员确实有些松散，我们要通过各种办法纠正他们。

我们护理人员的英语水平一般，起初与塞方的医护人员沟通起来比较困难，但每个人都非常努力，想尽一切办法去学英语，逼着自己把安排的事情用英语直接交代给塞方的护士，而不是通过医生去转述。整个医疗队上下，包括我们后勤的战士，都努力地去适应新环境。

有些病人待在我们中塞友好医院不愿意走。有时候我们上报某个病人检测结果呈阳性，请救护车过来拉走转院，但救护车的工作人员拿着名单过来后，病人却躲起来了。于是，我们把这一个病人找出来，但病人坚决不去治疗中心，说在中国医疗队治疗挺好的。我们再三劝他走，但他坚决不去，说自己只是普通百姓，谁也管不着。

2015 年 1 月 8 日，我们正式挂牌为中塞友好医院埃博拉留观诊疗中心后，第一批被治愈并由我们签出院证明的埃博拉康复患者是一老一小两个人，临走之前，我们还专门为她们办了一个出院仪式。与其他的治疗中心一样，我们为每一个出院的病人都出具一个出院证明，证明此人经过治疗，已经痊愈，不再具有传染性。拿着这个证明，他们就可以根据塞拉利昂政府对埃博拉病人的政策去领救济，政府会给他们发些米、衣服、钱。在转型为留观诊疗中心之前，从我们这里出院的人，我们只能证明他的埃博拉检测呈阴性。有些病人确实是由我们治愈的，但因为是留观中心，我们出具不了治疗结果的证明。

我们转型为留观诊疗中心后，不少以前我们治疗好的病人，又找上门来让我们更换证明。在这张证明上，塞方由中塞友好医院的卡努院长签字，中方由我签字。差不多有十几个病人，一天之内要把证明都换了，签得我手都麻了。不过我心里还是高兴的，能签这些证明确实是一件好事，一是病人确实治愈了，再是他们凭着这张单子还能稍微改善一下生活。

2015 年 1 月，我们要回国的时候，专门为出院的患者举办了一个联谊会，其中有一个女患者的话我记忆犹新，她说：“感谢上帝，让我得了病之后，来到中塞友好医院；感谢上帝，让我碰到了中国人，把我治好了；你们是上帝派来的天使，感谢上帝派来像你们这样的天使。”

◎ 为埃博拉康复者颁发证书并举办出院仪式

作为一个医生要提高职业的敏感性，所有的东西都要学习和总结。这一次来到西非执行任务，一辈子可能只有这么一次，在这里能够直接接触世界卫生组织，一定要去看，要去学，感受一下什么叫国际舞台。

我们队每个人做的事都是值得大书特书的。比如防控组组长张秀，她原来是护理出身，这次去了之后，我们有一个感控队员，加上她就两个人，真的是特别辛苦。我们能倒班，而她基本倒不了班。后来我们医师组支援给她一名医生，又从医疗保障组调了两个人给她，她才稍微轻松一点儿。消毒水天天把她熏得难以承受，她说："你们是戴防护面罩憋出濒死的感觉，而我是一喘气就有要死的感觉。"还有张健医生，他是一名有着丰富临床经验的年轻主治医生，我当时选他就是看中了他这一点。但是我真的不知道他的腰有问题，他患有强直性脊柱炎。出发前我们要做各种适应性训练，包括平板支撑、3000 米跑等项目，一定要全拿下来才算合格。测试 3000 米跑的时候，别看他跑得不快，但是还是跑下来了，而且表现得特别轻松，根本没想到他脊柱有问题。一直到了塞拉利昂之后，我才发现他身体的问题。他就这么一直咬着牙撑着，我问他怎么不早点儿告诉我，他说："要是说了还能让我来吗？"

# 一　天

医疗队政工干事　戴 欣

> 在食堂入口处，2名护士手持红外体温枪，为每一名队员检测体温，犹如安检。

4:00，后勤班组在准备当天的早餐。蒸包子、熬稀饭、煮鸡蛋、炒咸菜、热牛奶。

后勤组组长罗新疆介绍说，为了让队员们始终保持充足的精力，必须保证营养，特别是要在早餐上下功夫。医疗队每周订有食谱，每天餐食不重样，仅面条就能做出十几个花样。“西红柿比龙虾贵”说的是塞拉利昂蔬菜稀少，提前预订的菜说没有就没有，随时要调整食谱。

6:50，全队集合吃早餐。在食堂入口处，2名护士手持红外体温枪，为每一名队员检测体温，犹如安检。

“昨晚睡眠不足6小时的请举手”“不足4小时的请举手”“不足3小时的请举手”……每天早餐前，队领导总会询问大家的健康状况，了解睡眠质量，了解身体有无不适。食堂门口，摆放着一台标准秤，队员自觉测量体重。

7:30，准备上班的队伍集合完毕，有主班、副班，医生、护士。队领导首先是对主、副班布置当天的重点工作，然后会对其他拟去医院的每一个人进行详细询问，去医院干什么，能不能找别人替代，能不能与他人合并，能不能通过电话解决。收治烈性传染病，工作人员面临的压力非常大，必须让大家充分休息，始终保持最佳状态。

9:20，防控组组长张秀准备好当天工作所需要的物品，穿戴防护用品进入缓冲间。她是这支医疗队中最年长的女队员，虽然防控组看似不直接接触埃博拉患者，但他们每天要和其他医护人员一样在30多摄氏度的高温下，穿戴11件防护用品，处理接触过患者分泌物、排泄物的各种物品，几次倾倒、更换30公斤的消毒桶，提着沉重的垃圾袋在毒辣的太阳下将垃圾扔进焚烧池。在缓冲间，即使戴着N99口罩和厚厚的护目镜，还经常会被高浓度消毒液熏得眼泪直流，咳嗽不停。一个班次下来全身都会湿透。到了晚上，嘴里和鼻腔里还都是消毒液的味道，常常熏得恶心、吃不下饭，睡觉的时候也咳嗽不止。一天下来，呼吸新鲜空气都会有种重获新生的感觉。

9:40，护理组组长黄顺和队友开始为今天进入病区的队友准备必需的防护用品。穿脱防护装具，医务人员必须接受“安检五查”：个人必须对着镜子穿戴，严格进行自查；每一组医护人员必须相互监督，两人实施互查；必须接受感控人员的检查，队员穿戴整齐后，感控人员必须再次进行全面“安检”；出入病区，特别是在缓冲间脱装具时，必须全程接受副班人员通过监控实施的检查……看隔离衣是否完好、手套是否破损，查隔离服是否穿好、护目镜是否戴紧、口罩是否捂严、手套是否戴好、鞋套是否套紧，从不漏查一项。

10:20，主班医生杜宁和护士刘冰像往常一样开始进入病区查房。一轮查房下来，至少需要在病区停留一个半小时，防护服和口罩常常被汗水浸湿，部分或完全失去防护效能。口罩紧贴鼻腔和口腔，非常容易让人窒息。每一次进入埃博拉患者病区，对医护人员都是极限挑战。为确保每名医护人员的安全，每天进入病房之前，医师组组长金波都会根据当日的工作量，精确计算出每一组医务人员查房的时间，在进病房之前对他们提出时限要求。

10:30，在主、副班分组进入病房开展工作的同时，备班人员及时来到监控室，记录医护人员进入病房的时间，手持对讲机，两眼紧盯监控室的显示屏，对医护人员的病区工作进行全面监控。担任备班的医生张昕帮助塞方护士纠正了3处不当动作。塞方部分人员特别是聘用人员，绝大多数没有从事过传染病专业工作和相关训练，虽经培训，熟悉了相关知识和基本流程，但少部分人实际工作起来仍然不尽如人意，令人担忧。

10:40，一辆救护车将几位埃博拉疑似患者送到门诊大厅，进行隔离观察以及诊断治疗。疑似患者抵达医院之后，中塞医护人员就会发放口罩，然后逐一询问其年龄、接触史、症状及有无静脉采血等情况。根据初诊结果，医护人员将疑似患者分别送入留观室留观及治疗。

为科学防范交叉感染，所有疑似患者都被安排在单间进行隔离观察。可以看到在进病房前，每个患者都会佩戴特制的手环，上面标有患者的姓名、ID号以及床位号等信息，这样可以更加有效方便地对患者进行管理。患者从入院分诊到实验室检测的这段时间最为宝贵。对于确诊的埃博拉患者而言，及早诊断就能及早接受专科治疗，就有可能保住生命；对于没有感染病毒的留观者而言，尽快排除病毒感染，也就可以尽快出院，降低被感染的风险。

15:40，医护人员再次进入病区开始忙碌。在监控里可以看到他们除了携带补充药品外，还拎着牛肉干、饼干、糖果、玩具熊猫、布娃娃等物品。据医师组组长金波介绍，根据埃博拉防控隔离要求，母亲入院，与其亲密接触的小孩必须同时隔离留观。到目前为止，医疗队已经收治留观儿童40余名，其中年龄最小的才11个月。

为了使这些小孩能够积极配合治疗、健康成长，医护人员想尽了办法。他们除了在用药上根据年龄大小适当调整剂量外，还根据儿童特别是幼儿的年龄特点，想方设法通过赠送零食和玩具，主动和他们亲近，取得他们的信任。

16:00，各业务组将数据汇总到全队工作日志。

18:00，当天值班人员顺利回到驻地，医疗队的日例会随即召开。15个专业组按次序依次汇报当天的工作，布置第二天的工作。为了细化分工，第二批医疗队将队里各项工作归为15大类，设立15个工作小组，并制定各组工作职责、人员分工和工作方案。

19:30，医护交接班。

20:30，全队在食堂前晚点名，全体队员被划分为4个行政班。各班

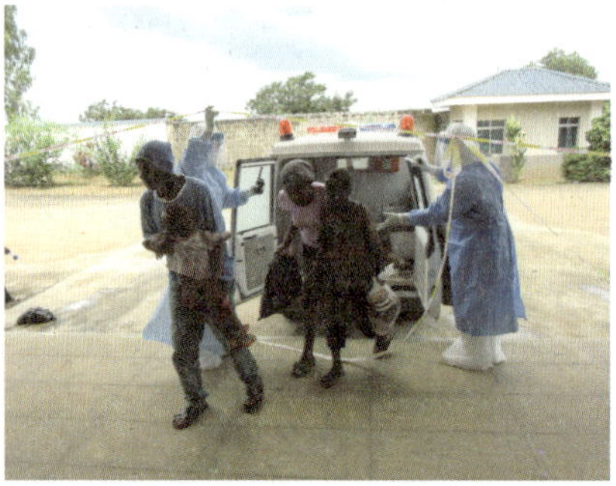

◎ 接诊转运患者

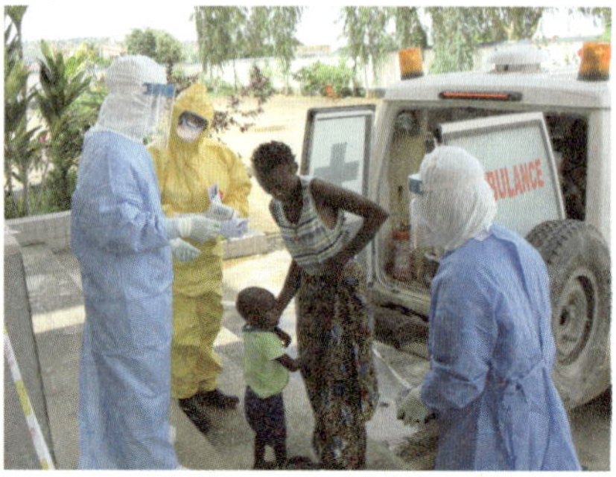

◎ 交接转运患者

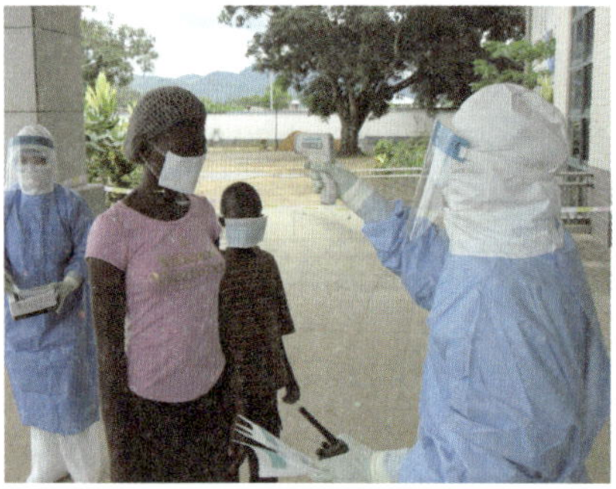

◎ 测量患者体温

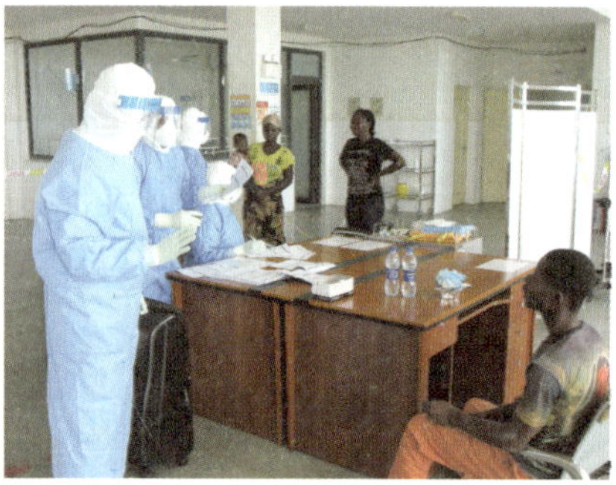

◎ 仔细问诊病情

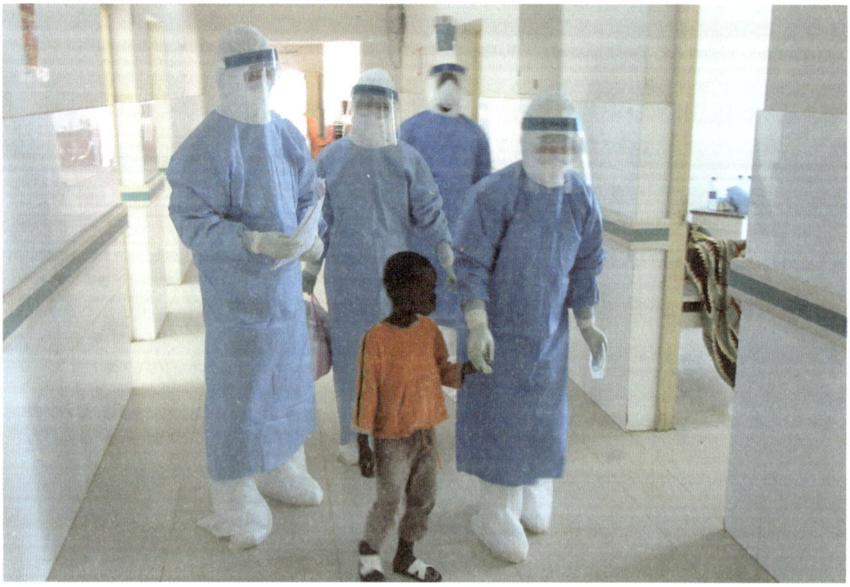

◎ 引导患者进入病房

班长清点人数后，由队长、政委总结当天的工作，并对第二天的工作进行具体部署。

22:30，各班清点人数，不允许队员们相互串门……

另外，每周各班还要召开班务会、党小组会、各业务组会议等；每周日下午，全体人员召集在一起开队务会。在队务会上，队领导会点评这一周的工作，分析查找问题，安排重点工作。月末，队里要将一个月的重点任务进行梳理。

## 留观诊疗中心

医疗队队长　陈昊阳

**名称虽然只有两个字之差，但这凝聚了我们太多的心血和汗水。**

传染病有一个周期，从发展到恶化，然后到相对消退，都有一个期限。我们到塞拉利昂的时候，正好赶上埃博拉比较严重、病例数激增的阶段。我们在中塞友好医院就感觉每天都有很多病人，想救治，但政策却不允许，因为在医院没转型为诊疗中心之前，只允许留观，如果病人确诊为埃博拉后需要转到别的治疗中心救治。我们也很想救治这些病人，给他们更好的治疗，但在当地的规章制度下是不允许的。

我们带着一腔热情去，做好了充分的准备，去了之后就打算开展治疗，结果是诊断清楚了，都得转走，这是非常遗憾的事情。我们也摸索着看怎么才能够把病人留下来治疗，但发现很难做到，比我们原来出发时预想的要艰难得多。

既然到了塞拉利昂我们就要遵守那里的规章制度，所以要和他们商谈，去争取得到支持。反复谈了很多次，最后的效果还不错，塞拉利昂卫生部对中国医疗队的工作还是比较认可的，再说，我们也取得了有目共睹的成绩。与在塞拉利昂的其他外国医疗机构相比，我们医疗队也有自己的独特优势。

比如我们在参观时发现，无国界医生组织的医院特别大，规格很高，分区、分工都非常明确，但他们的隔离措施也有疏漏之处，严的地方确实很严，但不严的时候，让我们看着也挺害怕的。还有他们发药的地方。我们的药房设在了污染区，就在病区第一间屋子里，在那里我们穿着防护服，但他们居然就穿着半袖，戴上手套就可以了。但他们在隔离区里防控非常严格，分工十分明确。他们雇的是塞拉利昂当地人，有专门拖地的，有专门消毒的，六七个小伙子在那儿等着，医生只要进来，就不用动手了。我们很多事情都得亲力亲为。

在塞拉利昂，虽然美国人做的各种防控流程都很细致，规章制度也做得比较规范，但是他们的标准我们仔细研究过，也有不尽如人意的地方，美国人参观我们的医院后，都称赞我们的做法，还拍了不少照片拿回去参考。还有英国、加拿大等国家的医务人员也多次参观我们的中塞友好医院，观看我们的流程，察看我们对重复利用的防护用品是怎么消毒的，而且他们对我们的一个理念非常认可，那就是：脱防护服比穿防护服更重要。

我们来塞拉利昂之前，第一批援塞医疗队主要的工作是把一个综合性医院改建成埃博拉留观中心，我们第二批援塞医疗队的任务，是要把留观中心改造成为一个可以收治埃博拉病人的留观诊疗中心。转型需要得到塞拉利昂政府的许可，整个谈判过程很漫长很艰苦，塞拉利昂政府开始不松口，因为他们有自己的治疗中心。

来自中塞友好医院的塞方管理层的阻力也比较大，当时塞拉利昂的医护人员非常少，有职业资格证的医生也就 100 多位，当时已经感染了一大批，所以中塞友好医院的塞方管理层也不愿意改建成留观诊疗中心，

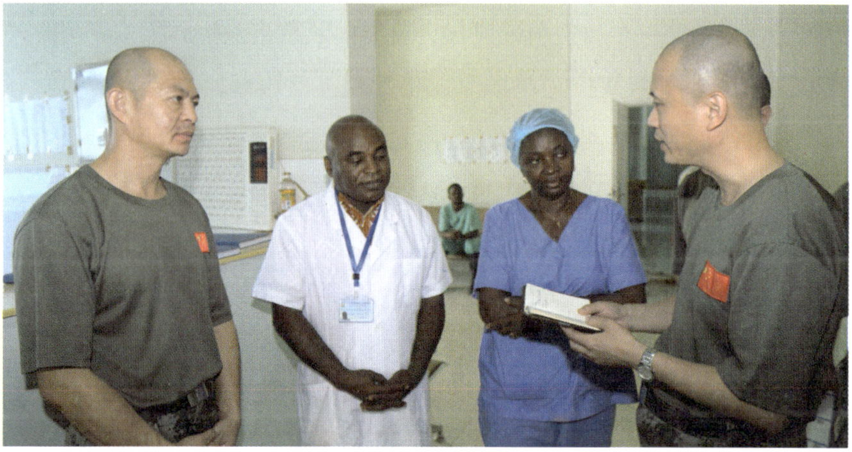

◎ 与塞方人员商讨转型方案

◎ 积极与塞拉利昂卫生部协调医院转型工作

为此我们下了很大的功夫。另外，包括中塞友好医院设施的改建、规章制度与流程的建立、收治的要求也很烦琐，转型困难重重。

我和何巍政委几乎每天晚上都一两点钟才睡，讨论改造的方案，然后与塞拉利昂卫生部协调，他们要求必须要签订一个协议才能改建。签协议之前，他们需要来中塞友好医院考察。第一批援塞医疗队去的时候，中国和塞拉利昂两个国家已经签署了中塞友好医院埃博拉留观中心的协议，去了以后就可以改建医院。但是第二批援塞医疗队去了以后，从留观中心转成留观诊疗中心，就像三〇二医院要扩大经营范围，本来没有口腔科，要增建一个口腔科的时候，就要向北京市卫生局报告。当时，我们医疗队除了与塞拉利昂多个卫生管理部门协调，也要与中塞友好医院的塞方管理层协调，同时还要向总后卫生部和国家卫计委上报这个计划。

中塞各方都同意了以后，我们开始改建，最后塞拉利昂卫生部还要过来考察验收。因为我们是从一个综合性医院改造过来的，有些标准是否符合要求，需要世卫组织来验收。验收后，还要经过一段时间才能开诊。

第一批医疗队到达塞拉利昂之初，整个国家的卫生机构是一盘散沙，经过一段时间后，逐步开始规范化，第一批医疗队有很多治愈的病例，我们对自己的治疗还是有信心的，希望能得到塞拉利昂政府的支持。但这还是经历了漫长艰苦的谈判，包括中国驻塞大使馆、中方指挥组的成员、我们医疗队、国家检验队，大家一起促成了这件事情，最后才得到塞拉利昂政府的认可。签字之前，对方让我们必须拿出一个完整的诊疗方案，而且要参照世界卫生组织的标准。中国驻塞大使馆也找他们谈了一次，他们要求我们提供一个书面的留观诊疗标准流程，简称 SOP，作为治疗中心的标准流程。

标准操作流程是将某一项工作的标准操作步骤和要求以统一的格式描述出来，用来指导和规范日常的工作。这里所说的标准操作流程是临床指导的规范化治疗方案。标准操作流程很重要，其质量的高低直接反映着中国医疗队的医疗救治水平的高低。但当时塞拉利昂卫生部从同意转型申请到要求提交标准操作流程文件只给了短短的 3 天，如果 3 天交不上这个标准操作流程，或者这个标准操作流程达不到世界卫生组织的要求，中塞友好医院留观中心就不能转型。在外人看来，这简直就是一个不可能完成的任务。

困难来了，我们没有退缩。下达任务后，金波组长和徐哲立即带领医师组成员认真研究，分工协作，通宵制订流程。当时负责牵头的医师组副组长徐哲还在发烧，非常不容易。

为了符合要求，我们要提交一份留观诊疗中心的标准操作流程，尽管我们参考了第一批医疗队留下的很多宝贵资料，吸取了很多精华，但塞拉利昂卫生部说要参照世界卫生组织的标准，而当时只有英文版本的标准操作流程，所以我们所有的医生护士，比照世界卫生组织的标准，看完了之后直接翻写成我们的流程。所有只要在班的医生，一人一节，有写埃博拉鉴别诊断的，有写埃博拉治疗方法的，有写儿童及孕妇等特殊群体患者救治的……最后统一汇总，仅用 29 个小时，我们就做出了一个具有中国特色的、符合我们留观诊疗中心要求的标准操作流程，长达 130 多页，3 万多字，一天多一点儿时间就完成了别人要花几年的时间才能弄出来的流程，而且一次性通过了塞拉利昂卫生部的审核。

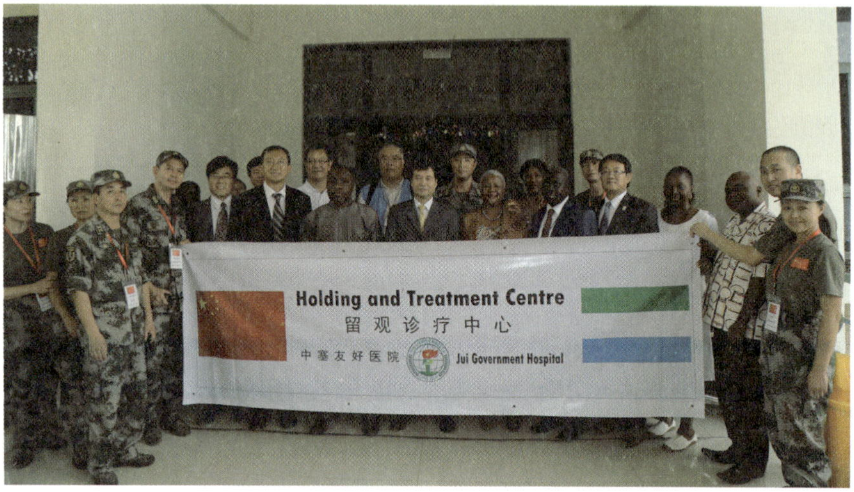


◎ 中塞友好医院埃博拉留观诊疗中心挂牌。中国驻塞拉利昂特命全权大使赵彦博、塞拉利昂卫生部官员与中塞医务人员在留观诊疗中心合影

就在 2014 年的最后一天，塞拉利昂政府终于正式签署补充协议，将中塞友好医院留观中心转型为留观诊疗中心。名称虽然只有两个字之差，但这凝聚了我们太多的心血和汗水，也推翻了有些国际同行说我们不可能完成转型任务的定论。

我们第二批医疗队 2014 年 11 月 15 号到达塞拉利昂，12 月 31 号我们在转型留观诊疗中心协议上签字，2015 年 1 月 8 号挂牌，花了近 2 个月的时间，才完成这次转型。

## 忘不掉的瞬间

医疗保障组队员　刘立明

怀孕2个月的妻子再也忍不住了，突然紧紧抱着我放声大哭起来。当时的我也非常激动，仿佛这一刻就是生死离别。

2014年8月，我作为医院第一批援塞医疗队抽组预备人员参加了相关培训，但由于专业分工的安排而原地待命。2014年10月中旬医院再次接到集结命令，这时正值埃博拉疫情上升阶段，我再次提交了申请书并成为第二批援塞医疗队的一员。紧张忙碌的战前培训持续了近1个月，我顺利通过了各种考核项目。

11月14日上午11点左右，我接到机关领导指示，下午1点，我和另外2名同志需要提前2个小时赶赴机场，负责医疗队全体队员的行李托运工作。

我的心情一下复杂起来，各种莫名的想法奔涌而至，有留恋、不舍，也有对疫情的恐惧。无论做了多少心理准备，但到了真正要面对的时刻，多少会有一丝忐忑。午饭是爱人急匆匆从岳父家带回来的煮饺子，原定中午全家一起聚餐为我送行的计划不得不取消。空气仿佛都凝固了，感觉不到一丝风。我故作镇定端着饭盒，使劲往嘴里塞饺子，可就是一口也咽不下去。我递到妻子手里一封信，信上面是家里银行卡的密码以及留给大儿子的话。怀孕2个月的妻子再也忍不住了，突然紧紧抱着我放声大哭起来。当时的我也非常激动，仿佛这一刻就是生死离别。

中午12点45分，在三〇二医院西门口集合登车前，我远远地看到7岁的儿子匆匆从出租车上下来，瘦小的身躯背着硕大的书包向我飞奔而来。我一把将儿子搂入怀中。儿子看到妈妈、姥姥眼里的泪花似乎瞬间明白了什么，他使劲抱住我的脖子，哇哇地哭了起来。那一刻我深刻体会到了亲情的难舍。

11 月 15 日中午，经过 20 多个小时的颠簸飞行，我们终于抵达了塞拉利昂首都弗里敦。一路上寒热纷至、昼夜交错、时差颠倒，仿佛在一天之内经历了春夏秋冬。

当飞机临近塞拉利昂时，我被大西洋沿岸的美景吸引了，整片的原始森林就在飞机下方绵延过去，一群群斑马在树丛中、草地上嬉戏，像一朵朵小花点缀其中，同事们的尖叫声、赞叹声不绝于耳。快落地时队长陈昊阳提醒大家注意做好防护。我们赶紧找出防虫驱蚊液，互相协作做好个人防护。

埃博拉留观中心的主要职能是对疑似感染埃博拉病毒病的患者进行留院观察和初筛分诊，这些患者主要来自于首都弗里敦及其周边地区。当患者出现疑似埃博拉症状后会立刻被送到本院进行医学隔离，其标本必须先在专业实验室进行埃博拉核酸筛检。如果检测结果为阳性，病人立即转至埃博拉诊疗中心进行隔离治疗；如果检测结果为阴性，则在经过对症支持治疗待症状减轻后，必须立即出院。这样做的目的是尽可能筛选出埃博拉患者并降低院内感染的概率。

顾不上倒时差，我与队友利用 2 天时间制定了《援塞医疗队病毒检测工作流程》、《采血注意事项》中英文版、《每日标本采集送检表》、《每日采血明细表》英文版、《检验组工作计划》、《常规检验组工作流程及应急预案》、新版《援塞医疗队核酸检测工作流程》、《每日抽血核查表》、《第三批检验人员配备建议与物资交接》等一系列规章制度、表格、文档，在同事们的协作配合下，形成“接收国家疾病控制中心检测队结果核对无误后汇报医疗队、检测队和塞方信息组，并负责与采血队对复检样本进行沟通”的固定工作流程，使得工作有序顺利进行。

我曾经遇见一个病人，是一名孕妇，她被怀疑感染了埃博拉，便被送进了中塞友好医院。她是中午赶过来的，上午的血液样本已经送走了。送血样一般截止到上午 11 点，这个患者来的时候，我们的血样已经送完了。如果下午抽血，就会耽误一天。患者当时已经走不动路了，有点儿发烧，一点儿力气都没有，奄奄一息。孕妇属于低免疫力人群，不能再拖延下去。假如她没有感染埃博拉，让她留在病区，肯定会增加感染的危险。我就提出了申请，找到采血队负责人，专门派人进去给她采了血。采血之后马上就送去检测，当天就出了结果，是阴性。当然我们不能对所有人都照顾，但像她这么虚弱，又是一名孕妇，应该尽可能减少她受到感染的概率。

由于工作原因，我和塞方护士联系比较多。有一次，我发现赞驰瑞亚与平时状态不一样，便上前询问，赞驰瑞亚告诉我说，由于连续工作感到非常劳累，心前区有时疼痛。当时我怀疑赞驰瑞亚心脏出了问题，就建议她看一下心脏科。但赞驰瑞亚说，在弗里敦根本没有看心脏的医疗机构。后来我想到自己带来了检测心脏功能的试剂，可以为她做验血检查。于是，我主动联系了中国驻塞检测队的实验室，亲自为赞驰瑞亚做了化验检查，化验结果显示果然是赞驰瑞亚的心脏出了问题。我就让秦立药师拿来了硝酸甘油，让她服下，症状很快得到了缓解，这让赞驰瑞亚十分感动。之后的日子里，她一直把我当亲人看。

2015 年 1 月 12 日，距离我回国仅剩 1 天时间了，我像往常一样到医院感控室值班。我的朋友——塞方男护士卡玛特一直等在走廊的楼梯口。他见到我，面露不舍，对我说：“兄弟，听说你们要走了，送你件礼物做纪念。”卡玛特将手里的一件非洲特色的衣服和一个皮质挂饰塞到我的手里。

◎ 卡玛特送给刘立明的礼物。一件具有非洲民族特色的衣服，一个皮质挂饰，这种服饰一般在庆典、节日、婚礼等喜庆场合穿着，连同挂饰寓意着平安吉祥

# 谈　判

医师组组长　金　波

我们带着一腔热情去的，去了之后就想开展治疗，结果转型是如此艰难，超出我们预先的想象。

正当塞拉利昂全国的疫情呈上升阶段时，我们中塞友好医院留观中心转型为留观诊疗中心，但在这个时候，突然没有病人来了，这种情况大概持续了四五天。第一天没有病人来，我们还觉得是不是病人少了，第二天还是没有病人来，我们就觉得不对劲了。

针对世界各国以及国际组织在塞拉利昂抗击埃博拉的活动，塞拉利昂卫生部专门有一个联席会议，我们翻译苏海滨去参加联席会，带回来很多数据。一看到数据，我们就纳闷了，为什么唯独我们中塞友好医院收治病人的数字不上升，别的医院都在涨呢？打电话问他们，他们说，病人都是平均分配的，今天没有，可能明天就会有。过了一天又说，病人不多，你们那儿没有也属于正常。后来才告诉我们实情，是不愿意再给我们送病人。我们就感觉情况不太对。我们请塞方的卡努院长去协调一下，问问到底是怎么回事。他给卫生部的熟人打电话询问情况，原因是有人认为中国队的治疗不行，医院里边比较混乱，管理不到位，病人到处跑。

为什么会有这样的传闻？卡努院长也很奇怪。他想起来不久之前有一天，一辆救护车拉着病人来到我们医院门口，医院的门岗呼叫说有病人来了，请护士穿上工作服下来接病人。我们严格按流程穿好防护服，司机等的时间稍长了一点儿，转身就把救护车开走了。

救护车刚走，塞拉利昂卫生部就打来电话问，你们医院为什么拒收病人？卡努院长回答说我们从来没有拒收过病人。这件事情刚刚发生，怎么卫生部就知道了呢？有人告诉我们，对面那个小卖部里，有人专门盯着中塞友好医院的一举一动。之前有一个感觉不舒服的人来到中塞友好医院，躺在门口说要住院。我们正在准备接诊，塞拉利昂卫生部就打来电话责备我们拒收病人，让病人躺在门口。这几件事放在一起，他们就认为中国医疗队没有积极地收治病人。这让我们感到非常气愤，准备进行“反击”。于是，我们在各种会议上，宣讲我们的理念和治疗的重要性，还有我们的工作程序，并且直接跟他们的指挥中心进行了一次谈判。

谈判那天，陈昊阳队长带着我和苏翻译，还有塞方的卡努院长和护士长。

指挥中心设在一间礼堂里，整个礼堂被隔成了几个区域，分为不同的机构，而礼堂的主席台的正下方主管的位置，坐着 3 名英国军人。当时我们就大概明白了，发生的事情是与他们有关，他们并不信任我们。

在一个小房间里，我们开始与他们进行谈判。大家坐在一起，他们刚开始比较友好，但一谈到正题，说不收治病人的问题时，立刻就严肃起来了。对方两个人，有一个是塞拉利昂卫生部的官员，另一个是指挥中心的协调员。这个协调员非常严厉地提出那些问题来，说如果不能解决病人在门口等待的问题，是不会送病人到我们留观诊疗中心的。我们解释，根据收治的流程，我们需要时间把病人安排到住院部里去，不可能病人来了，就直接打开大门住到医院里。他说，在有些医院救护车都能直接开进大门里。我说，我们中塞友好医院的大门跟其他医院的大门是不一样的，他们院子里面还有一个院子，但我们没有，只有这一道门，怎么能够不问清楚就随便打开呢？那个卫生部的官员比较友好，他能从传染病防治专业的角度来理解我们的做法。

最后，大家就从程序上理了一遍。他们发现中国医疗队做的并没有错。经过几番较量后，他们最后也认可了我们的做法。第二天，指挥中心又开始给我们送病人了。

我们带着一腔热情去的，去了之后就想开展治疗，结果转型是如此艰难，超出我们预先的想象。人家是主人，我们是客人，我们不能违反他们的规程，所以要和他商谈，去尽力争取。过程比较曲折。好在有他们对我们的信任，还有我们在前期所做的工作，最终得到他们的认可。

## 最高级别的防护

医疗保障组队员　刘立明

第二天再进去时，就发现向我求救的那个人已经死了，尸体就横在过道里。

我是第二批作为检验人员去的，任务是保证检验，协助疾控中心筛查出埃博拉患者，还要负责其他中方人员的医疗保健。

第一天进病区看到的景象，对我的刺激挺大的，在病区的大厅里，电扇、空调都停掉了，也许是热得受不了，不少病人都光着身子在地上躺着，看那样子已经什么都不在乎了。我记得很清楚，有个人躺在地上一动不动，当我走过去的时候，他听到有脚步声传来，挣扎地抬起头来，用微弱的声音对我说“help”。第二天再进去时，就发现向我求救的那个人已经死了，尸体就横在过道里。我通过监控看到，他死时满脸都是污血，死前他一直试图爬得更远一点儿。

我去的时候带了一些自己的装备，当时塞拉利昂医疗卫生系统全面瘫痪，最大的医院都停摆了，大使馆参赞夫人连续发烧一个多月都没有地方检查。我去了以后，查出她是得了恶性疟疾。我给她开了药，过了一周她身体就恢复了。

当地中资机构留守的人员，我也去筛查了几次。当地疟疾一年四季流行，本地人大概因为反复感染，再加上体质也好，免疫力很强，没有什么反应。东方人很容易感染，感染了就发烧，而所有发烧的都会被怀疑感染了埃博拉。留观中心的患者，虽然反应都为发烧，但可能是感冒，或者是疟疾，这样的发烧患者占很大的比例。我们那一批队员从中资机构的留守人员中筛查出 5 个疟疾病人。

我待的两个月里，神经一直高度紧张。首先害怕染上疟疾，吃了抗疟药又特别难受，对身体的伤害相当大。之前听有人说吃了抗疟药难受，我还不以为然，觉得自己体质好，肯定没什么事，哪里知道第一次吃抗虐药之后，马上就有反应，要虚脱了一样往床上一倒就起不来了，满嘴都是化学药品的味儿，就像是喝醉酒吐了的那个感觉。那时我还在想，要不要给隔壁打个电话，找人来看看我。我是搞急救的，除了自己救自己，还能喊谁？就在床上硬扛了十几分钟，不知道什么时候睡着了。正因为吃药之后会有这样的反应，我们必须在接下来两天没有值班任务的情况下再吃。也有反应轻点儿的，我问过好几个人，头晕、恶心、醉酒吐了后这种感觉，最为典型。

我还要负责把中塞友好医院的疫情上报给医院的信息中心，他们有两个信息员，信息员再上报给塞拉利昂的卫生部。

我在那里一个人要干好几样的活儿，我还要干感控的活儿，感控组一共 4 个人，两个人一班，我是唯一的男队员。所有医护人员脱的隔离衣我都要收，收完要消毒，装进一个袋子里，然后运到一个专门的大坑进行焚烧。

每天到医院后，我要先配消毒液，然后倒入 30 公斤到 50 公斤的整理箱里，用来浸泡大家脱下来的靴子，洗消医务人员脱的衣服。我们用的消毒片气味特别刺激，每天要换七八桶消毒液，当换到第三桶的时候，无法睁开眼睛，鼻涕和汗横流，憋得无法出气。拎着桶给通过间和缓冲间消毒，干完了再拎着桶往回走，我经常担心自己走不回来了。要知道在第一次世界大战的时候，氯气就是生化战使用的毒气。

我们带来两种消毒片，“健之素”牌子的消毒片产生的氯气少一点儿，但是配备的不多，很快就用完了，而另外一种便宜一点儿的药片，就像泡腾片一样，一沾水氯气马上挥发出来，威力无比，瞬间会让你的意识消失。即使戴上了防毒面具，还是抵挡不了氯气强烈的刺激。我们常说，没等染上埃博拉死掉，人也会被活活熏死，每一天都是死里逃生。国内配备药品时，是想象不到消毒片会有这么毒的，有很多事情是之前无法预想的。36 道防线也是我们总结出来的，相当于最高级别的防护，

◎ 放入消毒片

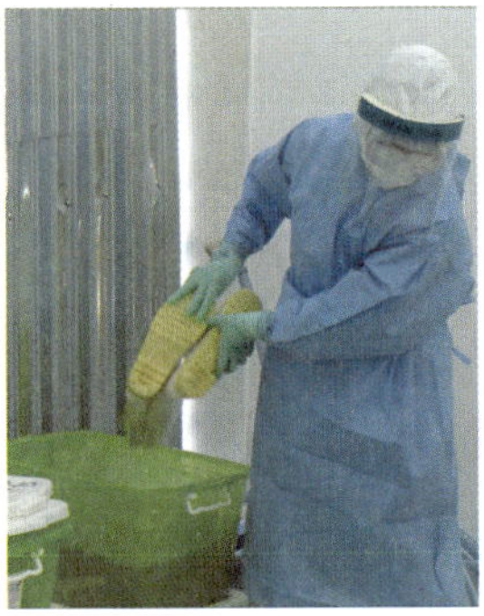

◎ 取出防水靴

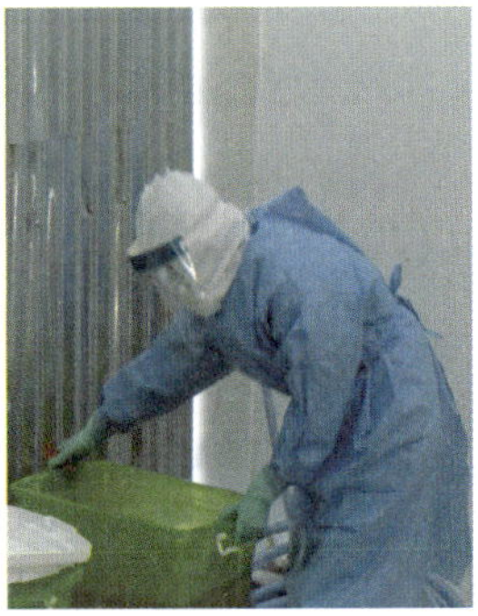

◎ 更换泡靴箱

◎ 队员自制能够自动上下水的泡靴箱

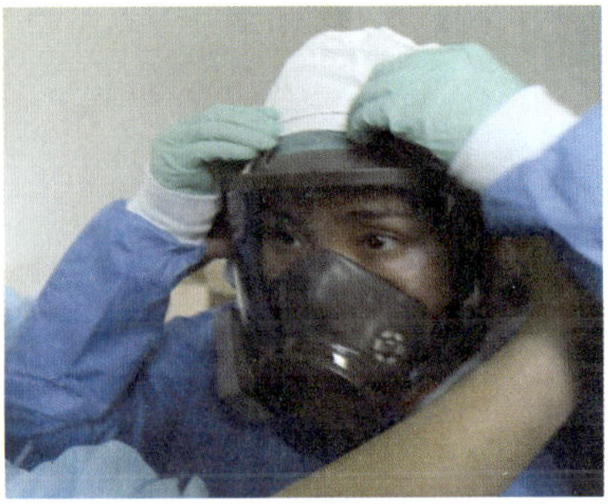

◎ 试用防毒面具

必须严防死守。人在正常状态做到没问题，但干完活后，脑袋已经迷糊了，手会无意识地碰这儿碰那儿，很容易出事，好在我们经过多年的训练，很少出现差错。

我带着一支采血队，人员来自塞拉利昂医疗队，大概有六七个人，他们负责采血，采完以后我进行筛查，告诉他们哪些血值得怀疑，需要复查，确定为阳性后，马上上报塞拉利昂疾控中心，人就转到诊治中心去。检测不是我在做，我们没有 P3 实验室。我相当于在疾控中心和塞拉利昂之间一个中间环节，他们只负责做，做完了结果他们不判断，由我们来做判断。

塞方有一个叫瑞尔的采血队队员，算是我的同事。有一天，他对我说胸口有点儿不舒服，问医疗队能不能给他弄点儿药。胸口疼肯定与心脏有关系，我就建议他去心外科查。他说，周围的医院都关了，他已经忍了好久了。当时我咨询金波，他分析说，有可能是长时间高强度的工作造成的。每次进病区采血都要穿 36 道防护服，他们的人手不够，一天要进两次。我建议他好好休息，又给他服用阿司匹林，过了几天他的症状就消失了。

我与采血队的同事建立起深厚的感情，走的时候，互相都挺舍不得的，他们还送给我当地的特产。

我们队第一批人走的那一天，车、船都安排好了，剩下的人在宾馆的门口列成一队，5 米一个人，第一批人坐在车上，车一启动，送行的人行军礼，基本上所有人都痛哭起来，司机都没法开车了。队长送到码头后，和两个战士立在码头上，我们 20 个人，坐了两个游艇，加上他们检测队的人，一共是 4 艘艇，他们 3 个人站在那里敬军礼。大家不敢回头看，20 分钟后到了对岸，人看不见了，大家的情绪还算好了一点儿。

还记得我们来的时候，还以为在机场停机坪能见到第一批医疗队的队员。但是根本见不到，他们从总统接待厅进，然后从候机厅出。当时我们知道他们就在候机厅窗户的后面。队长让大家列队站好，向候机厅敬个礼，当时的情景太震撼了。

# 柏萨卡的故事

医师组组长　金 波

他在电话里说，想留在中国救援队这里治疗，但是他是政府的雇员，必须服从命令。

柏萨卡是塞方医务人员中比较出色的一名护士，人很聪明，也很负责任。我们的私交不错，他告诉我说，他非常喜欢医生这个行业，有朝一日他会成为一名医生的。他也是第一批医疗队队员们特地推荐的，说他在整个塞方护士群体中，比较难得，组织能力、知识水平、配合度都非常不错，更可贵的是，这个人还相当勤奋。中方和塞方医务人员是分开排班的，我们排班之后，他们的护士对应配班。与他接触多了之后，我很信任他，就让他负责塞方护士的排班。

我要求柏萨卡把护理人员重新理一理，包括配组，把组配置好，工作起来才可能顺畅。虽然很多塞方工作人员讲英语，但有的人不讲英语，讲的是土语。如果他们讲土语，我们是听不懂的。曾经遇到这样一种情况，我方的医生说英语，塞方的护士讲英语和当地的土语，但是病人讲的是另外一个地方的土语，只能请旁边同时隔离观察的人来翻译成当地的土语，然后再翻译成英语讲给我们，绕了一大圈。只有了解人员的整体状况，才能合理地排好班，合作得更顺畅一些。有一天，我让柏萨卡帮我理出一个名单和排班的表来，第二天他本来是休班，但还是跑到医院来把填好的表交给我。

在塞拉利昂期间，我基本上每天都去医院，只有柏萨卡交给我排班表后的第二天我没去，那也是唯一的一次，当时队长说，你在宾馆歇一天吧，现在都已经走入正轨了，你值班的时间太长了。可我还是觉得不放心，那一天心里总有忐忑不安的感觉，一会儿在楼上的宿舍待着，一会儿又跑下来转转，我已经习惯了每天去医院，让我休息反倒不舒服了。

到了中午，我就站在驻地门口，看着我们的车回来，然后问队员们有没有发生什么事，他们说，一切都还正常，只是柏萨卡上午有些不舒服，让塞方的护士给他输了点儿液，然后他就回去了。柏萨卡在外面单独租了一间房子，虽然他结婚了，也有了孩子，但还是自己一个人租了一间房子，考虑自己每天都接触埃博拉患者，他不想将感染病毒的风险传给家人，这一点他还是挺在意的。后来他的夫人告诉我们，她听柏萨卡说，他在公交车上帮助过一个呕吐的人，他是一个护士，又是一个热心的人，不能袖手旁观，但他担心可能被传染了。

等到下午的时候，有电话打过来说，有一个护士发烧了，我的心里咯噔一下子，心想这可坏了，但也没有想到会是他。后来又传来消息，确认就是柏萨卡。我马上问队员有没有人在今天接触过他，都回答说没有，可以确定的是，中方人员里面，我是最后一个接触他的人。

说实话，当时我非常紧张。当天早晨，柏萨卡就感到不舒服，发烧了之后，抽血队直接给他抽血送检。晚上结果出来后他们告诉我们说，有一个呈阳性。我们马上就去查是不是柏萨卡。他们名字的英文拼写并不是固定的，即使看到名单也无法确认。然后我就给中塞友好医院的卡努院长打电话，卡努院长听后也很紧张，他告诉我们柏萨卡的名字怎么拼写，我说就是这个名字。当天我们就研究决定赶快对柏萨卡进行治疗，于是，中塞友好医院派出救护车去把他接了回来，收到了给中方医护人员预留的第四病区，这是我们专门给中资机构和中方人员预留的一个病区。

随即赶紧给他输液，把该用的药都用上。塞方医务人员告诉我们，人收进去了，药也送进去了，而且看着他吃进去了，液也输上了。第二天早上我们去看他。柏萨卡说感觉不发烧了，就是觉得有些疲乏，身上没有出血点，看起来情况还不错。他明白一旦出血，那是致命的。皮肤出血多的话，会有瘀斑；消化道出血是呕血、便血、鼻血，还有齿龈出血、结膜出血。如果出现出血，那么存活的概率相对来讲就小得多了。

我们的药物还是挺有效的，国际上也认可其疗效。他服药后，感觉还不错。但之后出现了一个问题，塞拉利昂卫生部知道了这个事情后，就说中塞友好医院是留观中心，不能留治确诊的患者，要转到其他治疗中心去。我们让卡努院长去跟塞拉利昂卫生部争取，说中国救援队在这里，有救治的条件和基础。得到的答复还是不行，说政府的医院处于军管的状态，必须要严格执行规定。

当时我给柏萨卡打电话，告诉他诊断已经明确了，政府要求把他转到相应的治疗中心去。如果他愿意接受中方的治疗，我们将全力以赴，但如果他愿意转到治疗中心，我们会把相应的药物给他带上，保证我们的治疗能够继续。他在电话里说，想留在中国救援队这里治疗，但是他是政府的雇员，必须服从命令。于是，当天下午柏萨卡就被转走了，转走之前，我们把后期整个疗程的治疗药物和物品都给他带上了。

接下来，我每天都给柏萨卡打电话。在他转走的第三天，我还带着翻译，还有塞方的工作人员，一起到那个治疗中心探望他。塞方自己有治疗中心，建在他们原来的警察学校里，是在我们第一批医疗队去之后运行的。我们是开着救护车经过层层关卡进去的，曲里拐弯地到了柏萨卡所在的隔离区门口，经过很长时间的交涉，工作人员终于同意我们探视。探视区很小，而且规定的时间很短，探视区跟病人是隔开的，中间有个隔离带，离得比较远。柏萨卡看起来精神还不错，他说刚输完液，吃得也挺好，也不发烧，谢谢我们的关心。然后我问他，带给他的药还坚持吃吗，他说坚持吃了，应该是1个疗程7天的治疗。

第六天，我再给柏萨卡打电话时，他说自己不舒服，我问他怎么不舒服，他说感到非常乏力，但没有其他状况。隔日早晨我们到医院的时候，感觉情况不对了，他们说柏萨卡病情恶化了，凌晨4点的时候人昏迷了，我赶紧给他打电话，电话是他同屋的一个病友接的，说柏萨卡正在抢救，目前情况不乐观。大概早上9点左右，我们与塞方工作人员开完早晨的交接班例会之后，再给柏萨卡打电话，他的病友说他很危险。我们就商量着，看还能不能再做点儿什么。10点多钟，我就听到楼道里面有人在哭，有人在说：“柏萨卡没有了，柏萨卡没有了。”

中塞友好医院里从上到下，都认为他是一个非常优秀的小伙子。跟他搭班的那几个男护士顿足捶胸地哭喊着：“柏萨卡没有了，我的兄弟没有了。”我一时间人像是被冻住了，这样一个曾经跟你共事、在同一个战壕战斗过的人，就这样在你面前消失了，而且他最后给我的印象，还是那么阳光。昨天晚上我们还在通话，今天就突然昏迷了，我后来想他可能是出现了脑出血。

大家都很悲痛，但悲痛归悲痛，工作还得干，当天所有的塞方护士都在哭，没人愿意进病房。他的同事都说，会不会是在里面打针输液的时候感染了。柏萨卡是输液组的队员，是受过我们培训给危重患者输液的。我们医疗队刚到的时候，由于疫情危急，卡努院长给我们提建议，虽然医院是留观中心，但不能眼看着病人就这样死去，一定要做点儿什么。于是就成立了输液小组，给危重的患者进行输液，早期的输液和补液，能够挽救一个患者的生命。柏萨卡的技术还是相当不错的。

当时我们决定继续查房，继续进去送药、送水，按程序把工作做好。接着我们对塞方的护士说，我们准备查房了，你们有没有做好准备？他们还是在哭，我们就说，不管你们做没做好准备，我们做的工作一刻也不会停下，柏萨卡也不会原谅我们就这么放弃的。之后我们就转身穿上防护服进病房了。

没多久，有几个塞方的护士就跟进来了，帮着我们把当天的工作完成了。

我是最后接触柏萨卡的人，而且是面对面很近地交接物品，所以我心里一直很紧张。之后我就在心里记着日子，每天注意自己的身体变化，看有没有发烧、感冒，每天都要测量体温。我们开小组会的时候，我都要与每个人保持距离。到了第21天晚上吃饭时，我就说：“各位兄弟姐妹们，今天是个特殊的日子，我要喝口酒。我已经度过了21天，这21

天里我什么症状都没有，除了伤心和工作的热情以外，其他什么都没有，大家放心好了。”

# 死 里 逃 生

医师组副组长　徐 哲

**这是医疗队领导指挥得当，队友们冒着风险给我抽血、输液、做检测、精心照料，救了我一命。**

非洲疟疾又被称作非洲感冒，在西非发病率很高，基本上每个当地人都得过，外地人到那里，只要待的时间长一点儿也容易被传染，而且即使得过一次，以后可能还会再得。

从塞拉利昂回国后，我所在的感染性疾病诊疗与研究中心就收治了4名从非洲回来的疟疾患者，有3名患者都被治愈了，但有一名在非洲工作过的中国人，回国后不久就开始高烧不退，当时没有第一时间到医院救治，送到我们医院时已经很严重了，被诊断为重症疟疾合并登革休克综合征，虽经我们全力救治，但非常遗憾，未能救治成功。我们中国驻塞拉利昂大使馆的工作人员，就有得过疟疾的。疟疾目前没有疫苗，他们最紧缺的就是抗疟疾的药。

塞拉利昂卫生部有一个计划，让全民接受抗疟治疗，把抗疟药发放到每家每户每一个人，这个目标目前已基本实现。当地人只要发烧，十有八九是染上了疟疾，所以不用去诊断就直接把药吃上。疟疾是影响塞拉利昂人寿命和健康的一个很重要的因素。在这次埃博拉疫情大规模暴发之前，疟疾的危害远远大于埃博拉，在非洲每年因疟疾而死亡的人数达数万之多。

我们中心的患者当中，得疟疾的也很多，也有得埃博拉合并疟疾的。我们队员每个月得吃一次抗疟疾药，即使是吃了药以后，如果被携带疟原虫的蚊子叮咬了，仍有可能感染疟疾。

换季时的蚊子特别多，容易染上疟疾，或是感冒。当地的蚊子分为长腿和短腿的，只有被短腿蚊子叮咬后才会感染非洲疟疾。这里的蚊子比国内的小一点儿，飞到身边也没有“嗡嗡”的声音，叮咬后也不是很痒，但这种蚊子带有疟原虫，也许第二天也许一周后，疟疾就发作了，很多人并没有感觉没被蚊子叮咬过，但却实实在在地感染了疟疾。换季的时候，要特别注意防蚊子叮咬。最好是常穿长衣长裤，即使热也要穿上。

我刚到塞拉利昂不久就服用了抗疟疾药。2014 年 12 月下旬，那段时间比较忙，医院要从埃博拉留观中心转型为留观诊疗中心，急需制订标准操作指南，这个任务交给我负责。于是，我把大家召集一起来弄，每天都要加班加点，有几天基本上没怎么睡觉，人相当疲惫不堪。第二次就没有按时吃抗疟疾药，也是想着怕吃了药会身体不舒服，恶心、头晕，影响手头的工作。

在那里被蚊子叮咬是免不了的事，房间里、阳台上、宿舍到医院往返的路上都有可能碰上，即使有时候挂着蚊帐睡觉，蚊帐里面也会有蚊子，而且蚊子很小，也不太容易注意到，咬了也感觉不到。

我记得很清楚，2014 年 12 月 30 号那一天，就觉得身体有点儿不舒服，浑身乏力。当天晚上还熬了夜，之前的 28、29 号基本没怎么睡觉。30 号那一天，也是到了三四点钟才睡；31 号当天，我们就把英文的标准操作指南通过大使馆交给了塞拉利昂卫生部，他们当天审核，一次性通过了。通过之后，31 号我们还搞了一个迎新年的晚会，我和我们班的队员表演完“时装秀”后，我原本想要继续观看其他节目的，但身体实在太难受，挺不住了，心想是不是连续工作给累着了，于是就回去睡觉了。我回到屋子里一测体温，39.5℃，当时感觉就是头疼无法入睡。

晚会进行了一大半时，陈队长发现我人不在场，就过来看我了。那时我已经发烧了，心里比较紧张，因为当时我进入病房的次数是最多的。但是即使进病房这么多次，我们医疗操作都严格按照操作规程进行，这一点自己的心里面还是有数的，该做的防护，每次都是一丝不苟地做了。虽然和塞方的工作人员可能有一些接触，但我感觉自己没有感染埃博拉。但是我还是跟队长说，要求把我隔离到中塞友好医院的第四病区，那是留给中国队员自己的病区。

当晚医疗队就开了会，确实比较紧张，万一我得了埃博拉怎么办？病情加重怎么办？救不活怎么办？但他们舍不得、不忍心把我送进第四病区。这是我后来知道的。当天晚上，我就把抗疟疾药吃上了，然后第二天，也就是2015年的1月1号，就在驻地的房间里给我抽了血，一般发烧是不用抽血的。实际上，当时抽血也是冒着危险做的，是黄顺和刘冰给我抽的血。抽完血金波组长和刘立明就在驻地找了一个地方化验，我们有自己备用的试剂盒，可以做疟疾、伤寒、登革热、霍乱、艾滋病的筛查，操作上比较简易，出结果快，当时是刘立明做的。

按说驻地宾馆是不允许发烧病人留住的，说实话，为了我的健康痊愈，我给队里面的领导，包括陈队长、何政委，还有其他队员，包括金波、黄顺、于晓莉……还有跟我一起进病房的护士，增加了很多工作量，造成了很大的压力。我自己也已经烧得昏昏沉沉的，但我唯一坚信的是，我不可能染上埃博拉，因为除了发烧之外，其他的症状很少，就是没有劲儿，肌肉酸痛，坐都坐不住，一点儿食欲也没有，我平常的饭量很大，但那两天吃不下饭。其他倒也没有想太多，我只是觉得不能再传给其他人，所以基本上谢绝队员们的探望。

当天下午，检测结果就出来了，这时大家才稍微松了一口气。护士也是冒着风险给我输液，补液的液体，还有抗生素，都给我用了。因为疟疾可能和埃博拉一块儿出现，所以警报还没有完全解除。

我记得，队里怕给我造成心理压力，抽血的时候队友只戴了手套，没有其他防护用品。我当时说："护士长你们还是把防护用品都穿上吧。"她说："你肯定不是，我怕啥？"实际上，我这次生病，给全队带来的心理压力是空前的。即使是这样，全队人员仍对我精心治疗、护理，将我从病魔手中拉了回来。

我现在还保留着当时治疗的详细记录，体温1号是40℃、2号39℃、3号38℃、4号37℃。上面还记载了我当时的尿量、血压、血常规、电解质，输了多少液，打了什么针，吃了什么东西等，非常详细。

1月2号，因为高烧不退，张昕医生特别着急，就给我们科中心主任赵敏打电话，说用了抗疟疾药温度还是下不来，会不会有其他的问题？赵主任建议把抗疟疾药量加大至正常用量的两倍，必要时应用地塞米松。

后来体温正常了，一天比一天好了，体力在慢慢恢复，我就知道没有什么事儿了。几天下来人瘦了不少，饭量也是慢慢恢复了，到了第四天，我就能自己到食堂吃饭了，体力还是有点儿跟不上，一动就有点儿喘，走路走快了，就心慌喘息，体力确实明显下降了。

现在回想起来还是有一点儿后怕，尤其是前两天我们抢救一个重症疟疾合并登革休克综合征病人，那个人就没有救过来。我还保留了我患疟疾的报告单，说实话，这是医疗队领导指挥得当，队友们冒着风险给我抽血、输液、做检测、精心照料，救了我一命。

## 幸 存 者

死神随时可能把这个可怜的孩子带走。

根据联合国儿童基金会2014年9月30日公布的数据，几内亚、利比里亚和塞拉利昂共有至少3700名儿童因为埃博拉病毒而失去了亲人。到2014年11月中旬，仅塞拉利昂就有3000多个孩子的家庭受到埃博拉的重创。

11月28日，已经回国12天的第一批援塞医疗队队员刘丽英得知了9岁的埃博拉患者雅尤玛已经痊愈了的消息。

至今刘丽英还清晰地记得，雅尤玛第一次入院时住在2区36床。那一天是刘丽英和闫涛医生一起查房，两人像往常一样核对床号、姓名、询问病情。为了保证安全，两人对每个病人的查房时间尽量控制在5分钟左右，但在雅尤玛所在的房间里，他们停留了10分钟。

那是2区最脏最臭的房间。雅尤玛当时蜷缩在病房的角落里，显得又瘦又小，眼神里满是恐惧。在查房时，其他病房的孩子经常找不到，习惯了群居的他们可能去了别的房间串门、玩闹，而雅尤玛却像被遗弃了一样。刘丽英忘记了2米的安全距离，慢慢接近她，被闫涛及时制止。

雅尤玛拒绝服用药物，对治疗非常抗拒。她和母亲一起被送到这里，没想到她母亲第二天就去世了。在刘丽英的耐心劝导下，她终于接受了治疗。而且不久，雅尤玛就像变了个人，她从病房外面找来一把扫帚，将病房走廊、接诊大厅和自己住的病房打扫得干干净净，还帮着其他患者端饭递水。虽然她不爱说话，但看见医务人员就会主动微笑，让人心生怜悯。非常庆幸的是，雅尤玛的抽血检测结果是阴性，为了让她早日出院，避免在医院出现交叉感染，队员们马上联系她的家人。但没有任

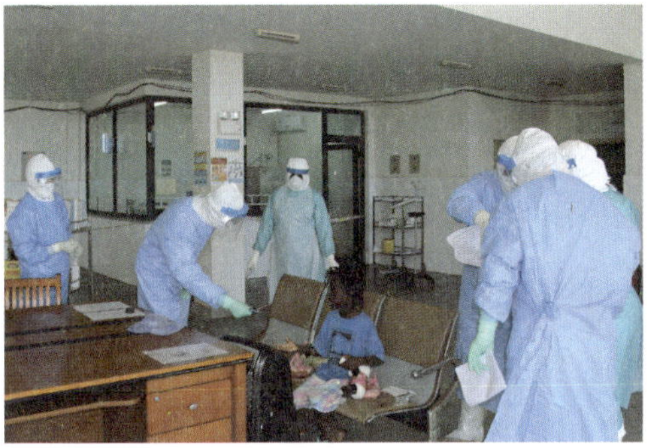

◎ 队员们精心照顾雅尤玛

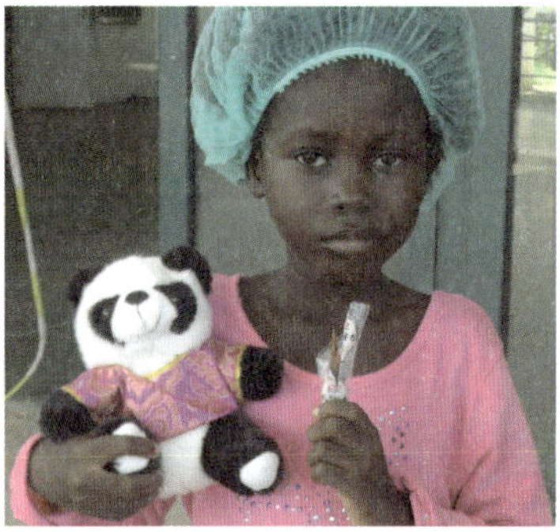

◎ 住院期间的雅尤玛

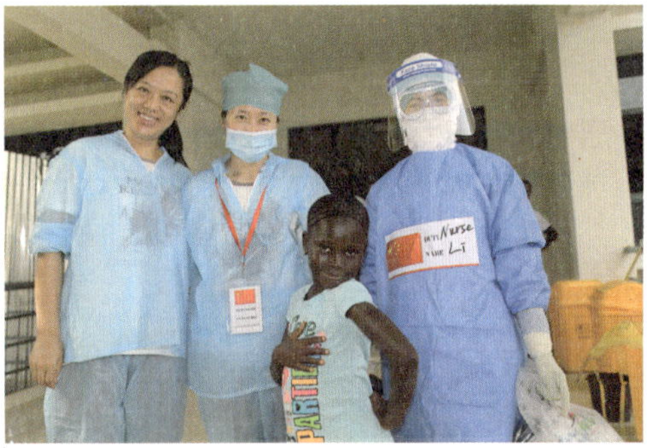

◎ 队员们把雅尤玛当成了自己的孩子

◎ 徐哲与雅尤玛

何消息，无奈之下，只好将她送进一所孤儿院。

出院之前，护士吴尧带她到淋浴间进行了彻底清洁，换上了干净的新衣服，还送给她一些食品，队员们希望孩子能换个好的环境。

没想到一周之后，她又被送了回来，此时她已经感染了埃博拉。刚被送到医院时，她发烧、腹泻、呕吐，虚弱得连眼睛都不能眨一下。衣服更是脏兮兮的，呕吐物溅满全身，嘴巴上也布满了风干的呕吐物，已经结成了厚厚的痂。

这让刘丽英异常难过，于是每一天她上下班都会去病房看她是否好转。这次雅尤玛病得太重了，连从床上翻下来的力气都没有了，每天只喝些水，吃很少量的东西。有一天队员发现雅尤玛的鼻子在流血，认为她可能真的挺不过去了。

按照惯例，雅尤玛应该被转到治疗中心，但因为当时疫情很严重，治疗中心已经没有空余的床位了，不少已经确诊的患者只能留在留观中心进行治疗。

11月11日，第二批医疗队先遣组队员、护理组组长黄顺第一次进入病区查房时，得知雅尤玛已经3天没怎么吃饭了，高烧、呕吐、腹泻、牙龈出血、大小便失禁……死神随时可能把这个可怜的孩子带走。

回到驻地，黄顺马上去找刘丽英，刘丽英逐一向黄顺交代护理雅尤玛时要注意的事项。没想到几天后，雅尤玛的病情有所好转。就在这时，第一批医疗队启程回国，黄顺带着护理团队，接着交替轮流护理雅尤玛。

黄顺每次给雅尤玛喂水时，总会用手腕先试好水温。由于医护人员的精心护理和特殊照顾，奇迹终于出现了：雅尤玛开始主动要吃的了。她的体温恢复正常，腹泻和呕吐症状也逐渐得到缓解，身体以惊人的速度恢复着，最后终于康复出院了。

队员们一直挂念着她情况，经过多方打听，得知雅尤玛被送到联合国在塞拉利昂设立的一处救助中心，黄顺还专程赶去看望。但中心的负责人告诉她，雅尤玛的远房舅舅加瓦拉从凯拉洪过来把雅尤玛接走了。

经过多方沟通，终于联系上了加瓦拉，他答应专程带着雅尤玛回到中塞友好医院。当雅尤玛出现在医院的走廊时，黄顺和队友们刚刚结束早交班，她欣喜地紧紧抱住雅尤玛。大家带着雅尤玛去当地最大的超市，为她买了新衣服、食物和玩具，并为她募捐。

2015年1月8日，中塞友好医院埃博拉留观诊疗中心正式运行。当天迎来了两位埃博拉患者，75岁的卡蒂阿祖和60岁的马丽雅玛。两位老人的病情比较严重，输液治疗方案包括补充林格氏液1000ml、静滴头孢菌素、甲硝唑抗菌治疗等，需要时还要进行补钾等纠正电解质的治疗。部分埃博拉患者伴有一定的精神症状。卡蒂阿祖在看到医护人员准备输液器具时，显得异常紧张。她突然挥动双手，驱赶靠近她的医护人员，拒绝输液。看到卡蒂阿祖情绪如此激动，医务人员请塞方护士用当地的土语与老人沟通交流，说明输液的重要作用，然后再由中方人员示范输液的操作过程。中塞医务人员和蔼的语气加上真诚的态度，最终使卡蒂阿祖消除了狂躁的情绪，不再抗拒输液治疗。

卡蒂阿祖严重营养不良，体重只有80斤，所以对她的治疗药品用量要求非常严格。每天查房时，队员们都会亲自把药递到她手里，并看她服下药。为了改善老人营养不良的症状，护士们将自己补充营养的食物带给老人。为了缓解老人体温升高带来的不适，护士们就用纱布蘸着酒精给老人实施物理降温。

经过不懈的努力，卡蒂阿祖的病情逐步好转，竟能在他人搀扶下走动了。1月19日，老人的第二次检测结果显示为阴性，这让即将回国的第二批医疗队队员异常兴奋。这一天，队员们特别为卡蒂阿祖老人举行了出院仪式，向她赠送了中国结和食物。

另一名康复患者阿米娜塔，1月10日发病时由她妈妈抱着来到了医院，入院时呕吐得相当厉害，口服药都无法正常服用，口腔、鼻腔还有少量出血。11日，阿米娜塔埃博拉病毒检测结果显示为阳性，她的妈妈为阴性。队员们迅速给她进行止血、抗休克、抑酸等对症治疗。

队员们在密切观察小女孩的同时，也时刻关注着她妈妈的病情。经过一周的治疗，阿米娜塔连续两次检测结果为阴性，而她的母亲也没有被感染，19日，第二批援塞医疗队队员们为她们办理了出院手续。

阿米娜塔的妈妈向队员们由衷地表示道：“感谢你们没有放弃我的孩子，现在我可以这样抱着孩子，是多么幸福的事情。”

当得知第二批援塞医疗队即将离开塞拉利昂，曾在医疗队帮助下康复的9名患者赶回医院，向挽救他们生命的中国医疗队队员表达谢意。

康复患者优珂说：“当时我真的感觉太糟了，认为自己快不行了，后来通过中国军医的治疗，总算活过来了。”

## 办法总比困难多

后勤保障组组长　罗新疆

在家千日好，出门一时难。

在第二批援塞医疗队抽组后勤保障组人员时，我们可选的人并不多，又不可能让非军人去执行这么危险的任务，当时就选调了 5 名汽车队的战士。

我们当时有一个轮训的制度，每个人都在医院的食堂专门学做菜。那几个战士就掂了半个多月大勺，跟着厨师学做面点、配菜、炒菜，基本上一天三顿饭，连轴转。因为他们本身就是驾驶员，经过培训后，做饭、开车都没有问题，而且都是 5 年以上的老兵，去了之后还要充当警卫。

我们 5 个战士到了塞拉利昂后，一日要做三餐饭，平时当司机，要把医护人员送到中塞友好医院，再从中塞友好医院接回驻地宾馆，晚上还要轮流执勤。

刚开始给几十口人做吃的，确实心里没有底，怕耽误大家的事儿，但是一个礼拜后，慢慢我们把流程建立起来了，就好多了。吃饭的时候，塞方的医护人员总是对我们中国菜赞不绝口。

有时候，我们的战士感慨，在家千日好，出门一时难。在这种艰难的情况下，虽然大家生活上不便，但没有耽误执行任务。

塞拉利昂自来水供水不稳定，我印象很深刻，有一次洗澡，出来的全是泥汤，最后没有办法，用了点儿矿泉水浇着洗了个头。在当地，基本每家都有个大水箱，否则水一断，一点儿存水都没有是不行的。只要把水蓄上，水还是能保证的。

在医院里断电的现象很常见，最恐怖的是，医生晚上进去查房，突然没有电了，此时值班的人也下班了，得把他叫回来重新启动，这要等

30分钟到40分钟，好在他们住得不算太远。

和第一批队员交接的当夜，物资就到了，这时第一批队员已经集合完毕，马上就要登船走了。这3.7吨的物资怎么办？我们先遣组只有8个人，还得为即将到来的33位队员更换被服，清理消毒房间，还要做饭。

这一批新到的物资本来是第一批援塞医疗队的补充物资，可是晚到了10天。他们集结要出发回国时，物资才到。只能在宾馆留两个人，既要跟宾馆协调交房清房，又要开火做饭，其他人全部到医院来卸物资。为了防止物资丢失，我们也想了办法。拉来的物资包括我们和检测队的，两家放在了一起，凡是贴着绿色“三〇二”字样的，就是我们的，贴着红色标的，是国家检测队的。

我们让运输公司的车尽量往后靠，靠近我们的门口，这样目视的距离能够缩短，一个拐角处留一个人，进一个屋，锁一个，再开下一个门，只能这样流水作业。3.7吨物资卸了两个多小时，卸完了赶紧锁门，让他们值班的医生护士去休息。回到驻地后，赶紧清房，然后还要到机场迎接另外33名队员。忙完了差不多是凌晨3点多钟，歇了一会儿就马上起床赶第一班船去机场了。

后勤的物资，比如米、面、油什么的，都是国内空运过去的，第一批援塞医疗队给我们留了一些。到后期，油就不够了，我们就采购玉米油。当地的食用油都是从国外进口的，为了规避风险，我们的采购固定在两个地方：一个是黎巴嫩超市；另外就是一个叫“中国城”的地方，它的一层是个小超市，二层是个小酒店，是由一个姓蔡的福建老大姐开的，她在那里经营了十几年。

蔬菜、肉类基本上都从她那里进，因为语言上交流没有什么困难。有的东西她那里没有，就得去黎巴嫩超市，相对来说价格贵一点儿，但是东西大多能够找到。我们从国内带来的美元，按1:5000的比率兑换成当地的货币利昂。

肉以牛羊肉、鸡肉为主，因为这个国家靠着大西洋，所以还有海鲜。

猪肉是从一个姓王的中国人那里买的，这还是第一批援塞医疗队队员找的点儿，他弄了一个小规模的养猪场，养了十几头猪，专门卖给中国人，在塞拉利昂有不少中国企业。豆腐是蔡大姐自己做的，当地人当然不会做，要多少块提前告诉她，第二天她就给送过来。

除了米、面、油、蔬菜，还要采购医疗需要的一些物资，比如“二道防线”短袖T恤，就是一次性防护工作服里面穿的衣服，也是常用的消耗品。我们去了4个人，因为带着不少钱——2000万利昂，合4000美元，在当地算是一大笔钱了，怕出事。

有时我们也会在驻地巡防，医院和宾图玛尼宾馆都有保安，治安方面不用太操心。但我们还是做了应急预案，包括火灾、停电或是突发事件，预案都提前做好，这样避免真要有什么事儿，大家忙乱无序。一些防爆器材，像盾牌、背心、警用橡胶棍什么的，第一批医疗队都带过来了。

每天晚上，我们后勤保障组都有一个例会，首先总结一下当天的情况，包括饮食保障、交通的一些问题，或者是队里新的指示，制订隔日的菜谱，并于第二天完成采购，一天压一天，保证至少有一天的菜能够救急。

这里不像国内，国内一周的菜都能一次买齐，而在那里，真不知道第二天能买到什么。刚开始我们去的时候有西红柿，3周后突然没有了，一问才知道，西红柿都是从国外进口的，现在因为疫情闭关了，不让进了。而当地自产的像黄瓜、茄子之类的蔬菜，不施任何化肥，自然长成的，由于天气太热，等长到大点儿的时候，基本上都已经老了，怎么吃都不是那个味儿。

我们租用了宾馆的厨房，厨房是中国人建的，和国内厨房的布置差不多，只不过用的是罐装天然气。我们每次买20罐，用完之后再灌，一个罐子有好几百斤重，要几个人摆弄。煤气罐放在厨房外面，露天摆放着。每次弄煤气罐我们都特别担心，所以就做了应急预案。

灶台设备已经老化了，有时莫名其妙地打不着火。时间来不及了，炒不了菜，就想办法做面条，临时对付一下，然后在小灶上熬点儿粥。

最开始我们是用一次性餐盒的，但是发生疫情以后，很多在当地做生意的公司都离开了，不再进口东西过来，所以当时消耗的都是库存。不管是黎巴嫩超市还是中国城，都是消耗库存。后来，各式各样的一次性餐盒基本上被我们用光了，就改用盆装，把菜都装好，放到饭盆里，用保鲜膜一封，米饭单独用其他的东西装。因为天气热，保温效果还不错，也算是解决了问题。

在塞拉利昂，有钱不一定买得到想要的东西。他们基本上没有本地产的东西，都是靠进口。一旦出现疫情，海关一关闭，许多东西就买不到了。

整个弗里敦，像样点儿的商店也就那家两层的黎巴嫩超市，去逛的都是他们国家的有钱人。平常老百姓根本就进不去，也消费不起。

我们第二批有两个翻译：苏大翻译（苏海滨）和苏二翻译（苏林）。后勤组的苏二翻译真是个宝，只要出去我们就带上他，连比画带蹦单词，非洲人居然能够明白。一般来说，极个别在中国城或者在黎巴嫩超市找不到的东西，才出去寻找。原则上，我们要尽量保证跟当地人减少接触。刚开始没有摸清门路，我们还出去看一看，但当一切慢慢走上正轨之后，我们基本上就很少出门了。

除了那批 3.7 吨的物资外，后来接了一批 10 吨的物资，我们其实还申请了一批物资，但是那批物资直到我们走也没有到，海运实在太慢了，从国内运到塞拉利昂得两个半月。空运快，但成本太高了。

我们的每个司机都懂得车辆保养，跑到 5000 公里就会保养一次，两个月内保证不出什么问题。如果车出了问题必须修，我们也会带上苏二翻译。苏二翻译的翻译极其独特，比如说柴油，他不知道柴油怎么说，就先说木材，然后再说油，两个单词合在一起，神奇的是，对方居然能听明白。

说到这儿，让我想起第一批援塞医疗队的邹庆伟来，援塞时他既是司机又是大厨，因为他长得高高大大，大家都喜欢叫他大邹。大邹不仅驾驶技术出色，维修保养也是他的强项，除此之外，好学好问更是他的看家本领。

一次，猛士越野救护车的水管坏了，看着车辆趴窝了，真是难坏了一群人，配件到哪儿买、去哪儿换，谁也摸不清。大邹不含糊，拉上翻译王姝就出了门，两个人开着车穿大街走小巷、问店铺逛市场，好不容易找到一家黎巴嫩人开的配件店。谁知刚把车停好，一名塞拉利昂警察就过来了，示意他们此地不能停车。

这个时候，还没等王姝开口解释，邹庆伟就指着车上的国旗和标语，蹦出 4 个英文单词：China、Ebola、car、bad（中国、埃博拉、汽车、坏了）。警察听完后，直接竖了个大拇指，冲他们摆了摆手，然后就走了。进了店铺后，王姝正打算与老板进行交流，却发现邹庆伟已经连比画带咋呼地跟店主“交流”上了。两分钟不到，店主就拿出了一根合适的水管，王姝愣愣地看着大邹，憋出了一句：“你不用叫邹庆伟了，干脆就叫‘邹有才’吧！”

我看，苏二翻译和第一批援塞医疗队的“邹有才”有一比。

宾馆由于是自己发电，所以还算比较稳定，不像外面市政供电，说停就停。烧菜用的水都是自来水，但是得烧开了才能用。宾馆的那口井打出的水有没有病毒无法保证。所以，我们规定从不做凉菜，如果是油炸的话，油必须冒烟了、滚了，才能炸，中间要炸透。蒸的菜也一样，必须蒸 10 分钟以上。

弗里敦马路路况很差，还经常下雨。司机尹杰文负责接送医疗队队员上下班和其他出行任务。从医疗队驻地到中塞友好医院有 28 公里，大都为狭窄的土路，为此，尹杰文还亲手绘制了塞拉利昂交通线路图，上面标明了常去地点和各个路口的转向，哪儿有减速路障，哪儿有沟沟坎坎，都标记得清清楚楚。小尹从没学过测绘，也没学过标图，谁也不知道他是怎样绘出这张线路图的，但大家知道，这是他的用心之作，凝聚着他对医护人员的战友情谊。

每天出车前，尹杰文都会仔细查看轮胎气压、灯光、汽油、水和离合的状态，保证出行安全。由于疟疾等疾病在当地属高发传染病，因此喷洒驱蚊剂也是小尹每天必不可少的工作。尽管路况不好，一路上还要经过很多减速带，小尹却将中巴车开得急缓有致、十分平稳，疲惫的队员总能在他的车上安然入睡。小尹在日记里这样写道：“又到减速带了，我要收油、降挡，千万别把医护人员颠醒，让他们多睡一会儿。”

◎ 尹杰文全神贯注地开车

◎ 医疗队的工作班车

每天早晨7点半吃完早餐，尹杰文和队员们像往常一样，准时出发了。行程中，队员们有的在谈论病情，有的在闭目养神，然而司机小尹却是精神高度集中。虽然每天走的是同一条路，但由于路况复杂，行车过程中他不敢有丝毫马虎。

有一天，汽车行至一条双向单车道的上坡路段，连续的减速带加上土路让车辆颠簸不已。突然尹杰文发现右前方不远处的斜坡上有一堆碗口粗的木桩，由于码放得非常随意，木桩相互之间已变得松散，摇摇欲坠。直觉告诉小尹，木桩很有可能会滚落下来，如果真的那样，加速度会让木桩和车辆形成猛烈的撞击。

说时迟那时快，木桩顷刻间向下滚落，朝着医疗队的车辆扑过来。带车队员宋兵见状不禁尖叫起来。早已有所准备的尹杰文临危不乱，一脚制动将车辆平稳停住，而此时的木桩在车辆前不到两米处停下了。

由于这条路段是单车道，前方已被木桩堵死，无法正常前行。在反方向车辆通过的瞬间，尹杰文快速打舵，顺势借左侧车道绕过危险区域，安全回到了正常车道。队员们都被眼前有惊无险的一幕吓出一身冷汗，同时又为尹杰文快速敏捷的反应和精湛娴熟的技术所折服，大家感叹道："和小尹出行，我们放心。"

2014年11月19日，当天雨下得特别大，比以往任何一场雨都要大。小尹冒着大雨，在路上艰难前行，路两边都是大山，大雨之中，山上随时会有石头滚落。有一段土路在两个山谷中间，暴雨携带着石头不断往下落。面对此情此景，大家的心都提到了嗓子眼儿。司机小尹靠着过硬的技术，控制着汽车，躲避随时可能出现的危险，同时让副驾驶随时观看两边山上的情况。那天虽然危险重重，但我们在西非特有的瓢泼大雨中，克服了难以想象的泥泞和随时有可能出现的危险，安全地到达了目的地。在医院的病房里，有很多埃博拉患者正等待着医疗队员去挽救，哪怕晚一点儿到，都可能失去一个生命，所以必须按时准点到达。人命关天，不能有半点儿差池。

# 第三批援塞医疗队

（2015 年 1 月 14 日—2015 年 3 月 21 日）

# 超级战队

医疗保障组组长　孙志强

中国抗埃队伍在一昼夜之内，在数个国家境内，实现了预定的交接。

中国政府与塞拉利昂签署了为期半年的埃博拉疫情防治的协议，2015年1月18到3月18日，中央军委还要在全军抽组第三批援塞医疗队。此时，按照中国政府与利比里亚签署的援助利比里亚进行为期半年的埃博拉疫情防治任务的协议要求，中央军委还要从全军抽组第二批援利医疗队赴利抗击埃博拉，能派得出去的军队卫勤力量将越来越少。

三〇二医院已经独立抽组了两批援塞医疗队，如果再抽组一批医疗队，只能让年龄较大的军人医生和护士长上了，年轻的军人医生护士已经没几个了。

有人建议，让马上结束21天医学隔离观察的第一批医疗队，作为第三批医疗队重返塞拉利昂，或者干脆让目前还留守在塞拉利昂抗埃一线的第二批医疗队再坚守两个月，完成后续的任务。

最后的决定是：克服医院在外执行援塞队员多、医疗收容压力大等困难，三〇二医院再次承担组建援塞抗埃医疗队的任务。

第三批援塞医疗队人员组成阵容相当强大，首次委派由三〇二医院副院长、政治部主任2名院常委带队；首次设立副队长，由院务部副部长担任；首次设立专家组，由全军传染病研究所所长王福生教授和军队处置突发公共卫生事件专家组成员赵敏教授赴塞调研指导，并且有1名感控专家在一线全程指导工作；医师组有1名高职，3名高职资格，4名主治医师；护理组有16名护士长，还有2名青年护理骨干。

2015年1月13日22点30分，第三批援塞医疗队22名先遣队员与中国疾病控制中心组成的中国第三批移动检测队先遣队员，于14日凌晨

0点30分在首都国际机场会合。当日，由成都军区总医院抽组的中国人民解放军第二批援助利比里亚医疗队先遣队员，从成都启程飞赴北京。

14日凌晨4时，3支承担不同任务的抗埃队伍乘坐MU7701次专机出发，11时，飞机抵达法国巴黎戴高乐机场，休整两小时后，飞机再航行7小时，到达利比里亚的蒙罗维亚机场，第二批援利医疗队先遣队员走下飞机，接替第一批援利医疗队执行抗埃任务。15时，第一批援利医疗队先行归国队员走上了MU7701次专机，从后舱门进入指定的隔离区域。当时，第三批援塞医疗队先遣队员与第一批援利医疗队归国队员同处一机。

虽然3支抗埃队伍同在一架飞机上，但相互之间只可招手说话，不可接触。50分钟后，专机飞抵塞拉利昂首都弗里敦机场。第三批援塞医疗队先遣队22人走下飞机，接替第二批援塞医疗队继续执行任务。

这时机舱里有第二批援塞医疗队先行归国队员、第一批援利医疗队先行归国队员，他们将乘坐MU7701次专机返回国内，并进行21天的医学隔离观察。

就这样，中国抗埃队伍在一昼夜之内，在数个国家境内，实现了预定的交接。

先遣队22名队员，乘坐小艇走了30分钟水路后，抵达驻地宾图玛尼宾馆。此时已是当地时间14日晚23时，北京时间1月15日凌晨7时了。

尽管先遣队队员日夜兼程十分疲劳，时差还没倒过来，但他们每个人都盼望着和第二批援塞医疗队留守队员相见，虽然分别只有两个月，但这不是普普通通的两个月，这是充满了生死考验的两个月。

护理组先遣队员要承担后续到达的12名队员的帮教任务，在护理组组长孟玉华的带领下，护理队员们马上投入到紧张的工作中。第二批援塞医疗队队员们也尽力把自己在工作中获得的经验传授给新队员，从病房的布局到库房物资的定位填充，从工作流程到严格防护的细节要求，从我方人员的培训到与塞方工作人员的交流，他们把全部经验和心得都传给新来的队员。

2015 年 1 月 18 日，中国第二批、第三批援塞医疗队和实验室检测队在宾图玛尼宾馆举行了任务交接仪式。在整个交接过程中，第二批援塞医疗队留守队员高度负责，毫无保留地传帮带，确保了第三批援塞医疗队先遣队员能够顺利接替工作，仅仅 4 天时间，第三批援塞医疗队已基本掌握了中塞友好医院埃博拉留观诊疗中心的运行流程。

以下是来自《解放军报》2015 年 1 月 29 日的报道（通讯员　洪建国、靳寸朵）：

> 当地时间 1 月 28 日，11 岁患者富拉尼埃博拉检测结果从阳性成功转为阴性并康复出院。至此，我军第三批援塞医疗队自 1 月 18 日与第二批医疗队正式任务交接后，10 天时间治愈了 5 名危重埃博拉患者。
>
> 据了解，我军第三批援塞医疗队 1 月 15 日抵达塞拉利昂后，克服旅途劳累、环境陌生等困难，与第二批援塞医疗队高效实现任务交接。连日来，医疗队建立健全每日业务工作例会等规章制度，有序展开工作。他们实行医师 24 小时值班及每日两次查房制度，进一步明确埃博拉患者诊疗方案，针对每个住院患者建立规范可行的病案文档，并制作制式病历表。同时，他们优化护理流程，对中塞友好医院实行重点区域洗消，并对队员生活区、餐厅等进行蚊虫消杀，确保医护人员“零感染”。

2015 年 2 月 4 日，中国第三批援塞医疗队临床检测实验室在塞拉利昂首都弗里敦中塞友好医院埃博拉留观诊疗中心内正式成立。

该实验室将主要针对埃博拉核酸检测呈阴性的患者进行临床检测，对重症患者进行常规电解质、肾功能、感染等方面检测。同时还可对艾滋病、梅毒、疟疾等疾病进行病原学诊断。

世界卫生组织驻塞拉利昂外国医疗援助协调组组长塔拉·维拉曼斯林当天参观了埃博拉留观诊疗中心和移动检测实验室，并给予了高度评价："世卫组织看到了中国政府对塞拉利昂医疗援助所做的工作。在疫情暴发之前，中国政府一直向塞拉利昂提供医疗援助，世卫组织对此高度认可，我们非常高兴与这样一支医疗队进行合作。中国为抗击埃博拉做出了贡献，让疫情得到了控制。"

# 生 死 搭 档

护理组组长　孟玉华

我绝不能倒在这里，千万不能倒在病房里，一旦我真的倒下的话，战友得背你、得扛你。

我在护理组排班分组的时候，就跟医师组段学章组长商量如何搭配人员的问题，年纪、个性什么的，都得考虑进去。到了之后，我们发现事先的分配还是蛮合理的，大家配合得很愉快，每个人的觉悟也挺高，觉得自己个性中会影响合作的部分，都自觉屏蔽掉了，干什么都要服从大局。

当时一个医生两个护士组成搭档。每次上班，就是固定这 3 个人，比如今天是我和搭档值班，明天就是另一组搭档。实际上，从我们训练起就开始搭档，最好是从性格、交流各方面都达到很好的配合度，如果医生比较大大咧咧的，或者这个护士比较大大咧咧，就要配搭一个比较细心的；或者一个人比较外向，最好配搭一个内向的伙伴。搭档形成以后，就彼此照应，相互关爱，出了任何状况，都明白我们是一家人，一个人也不能出问题，互相关照监督，同时也是互相管理，确保 3 个人都安全，我觉得，这种配搭非常有效。

从第一批到第三批，我们都是这么搭伴下来的。除非有特殊情况，比如女同志在生理期，我们可能临时调配另一个人，而且大家都愿意，出门在外执行任务，整个团队都甘于奉献，工作非常好开展。

我曾经在病区恍惚过。恍惚时的第一个感觉就是，我绝不能倒在这里，千万不能倒在病房里，一旦我真的倒下的话，战友得背你、得扛你，人家实在没办法弄，因为都穿得那么多，自己走路都很费劲；然后特别想找一个能够坐下来，或者能够暂时靠一靠的地方。我记得自己那个时候赶紧走到外面，外面有一个户外的场地。病房在一楼，赶紧出去坐一会儿，后来还是觉得不行，我平常特别不爱出汗，就是夏天也从来不出汗。但那个时候，就感觉汗滴答滴答使劲往下流，像流水一样了，人晕晕乎乎的，分不清东西南北。得使劲辨认，我刚才是从这个通道进来的，我一会儿得从这个通道出去，就是这种恍惚的感觉。后来对和我一起进病房的李文刚医生说，我不行了，得赶紧出去。真的要倒在那个地方的话，人家很难处理。后来他赶紧把我给扶出去了。我们有对讲机，赶紧喊一个人进来，给我拿了一瓶水。我们自己进病房的时候，会带着一小瓶矿泉水，在一步一步脱完防护服以后，先补水，然后再洗澡。我喝完水后就清醒了。在这个过程中，对队友来说，他会觉得是一件挺小的事儿；医生也会觉得，我跟你进病房，就有义务照顾你。但是对我自己来说，就从心里特别感谢他们。他们把我安全地送出来了，单从这点上来说，我们医疗队的战友情的确非常深厚。

我们自己建了一个小群，名字就叫生死拍档，非常贴切。我们组里面有一个医生叫吉英杰，他是一名博士。他回来以后，已经是副主任了，他给我的一个印象特别深刻，就是心特别细。我们组里，我带了一个护士，那个护士比较年轻，总是跟着他进病房。他细致到什么程度呢？我们一起进病房、出病房的时候，洗澡间不分男女。他会对女孩说，你别着急，慢慢洗。女的要洗头，比较慢。他就会说，我在外面等你。他就在门口站着，等着她出来，他们再一起出去。因为整个病房和清洁区还有一段距离，他就怕这块有事儿。安全这一块儿，他为别人考虑得特别多。

过年前一天，我要进病区，刚好吉英杰他们也要进病房。只见吉英杰早把衣服收拾好了，接着把矿泉水装好，然后将它们都摆放到柜子里，这样他们一从病区出来，就可以直接洗澡了。我进病区是去通过间放东西，觉得那个屋子太脏了，还有蜘蛛网。我想着要过年了，那又是我们工作的地方，就在通过间打扫起卫生。他一出病区就说，护士长怎么那么长时间还没有回去？他怕我在那里面出什么事儿，他就能心细到这个程度。正常情况下他应该换完衣服就出去了，可是过了段时间见我没有回，就过来找我。我说没事儿，就是把这儿打扫打扫，弄得干净一点儿。卫生都是我们自己搞，无论是办公区、休息区，还是我们洗澡的地方。那个时候，我特别感动，他会记得你几点出去，还没有回来，大概会是什么情况。你能时时刻刻感觉到有人在关注你、陪伴你，这种温暖一直存在心底。

我们有一个医疗保障组，供应一些医疗器械、修理器械，给我们配置一些东西。他们组每天会有一个人进病房，帮着抬我们的靴子，然后换消毒水，给我们临床的人做这些保障工作。詹宁波工程师曾对我说："我结婚的时候，一定要敬你。"因为他第一次进病房，是我给他穿的防护服。我个人觉得这个事情很平常，无论我跟谁在一起，都会让我的战友穿戴得严丝合缝，安安全全地进病房，这是我应该做的事。但是他却说，他第一次进病房是我帮他穿的防护服，而且帮他检查，觉得特别感动、特别暖心。在那个特殊环境里，一个不起眼儿的细节都有着非常的意义。难得他还记得那么清晰，但我一点儿也不记得了。

在前线别人为自己做的点点滴滴的小事儿，都会让人牢记在心。

## 最豪华的阵容

护理组队员　杨 晓

只要觉得他们需要，就尽可能多地教给他们，尽可能把我们能够留下的东西都留给他们。

我既是第三批援塞医疗队最先派遣过去的，也是最后撤离的，在塞拉利昂待的时间应该是最长的。我们这一批医疗队，阵容最豪华，职务级别最高。到了我们第三批，特别是护理组，前两批普通护士基本上都去了，剩下的就是护士长了，所以我们这一批护理组一共去了 18 个人，其中有 16 个护士长。当时大家都担心，人员整体年龄偏大，身体的耐受力可能不如前两批。但是去了之后，我的感触就是，护士长的执行力更强，年龄不是问题，经验更能发挥作用，她们长期在病区从事管理工作，所以条理性、统筹性、计划性更好，执行力也强。领导的想法和意图只要一说，大家就会很快落实到位，而且每一个人都有自己独特的办法。

我们去了之后，经历的第一关就是时差的问题，特别是我们先遣组去的时候，没有时间倒时差。我们到达时，已是夜里 10 点多，赶到驻地大约 12 点多。

第一批医疗队开辟战场很辛苦，摸着黑做事情；第二批医疗队重点做的是留观，病人只要确诊了，就可以转走。但是我们第三批医疗队，只要确诊了，病人就要留在这儿，也就意味着我们的风险更高，不能有一丝一毫的侥幸心

◎ 英姿飒爽的护士长们

理。

头一个月，每天病人大概六七个，到春节前夕有时候能收十多个。塞拉利昂卫生部下面的指挥中心，可能看我们的治愈率在提高，所以愿意往我们这里转送病人，就像咱们老百姓看病，哪家医院声誉好就去哪里。除了确诊转过来的病人，也有我们自己收的，还有留观的患者，等待检测的结果。

人在特殊环境下的情感状态、心理状态、身体状态，完全不一样，能量能够调动起来，情感特别饱满，而且不觉得辛苦。我个人觉得，第一次代表国家执行任务，代表军队执行任务，非常光荣，这个光荣绝不是口号的光荣，是真正的光荣。尤其是去了以后，看到埃博拉在那里肆虐给当地人造成的伤痛，那些生命很可爱、很珍贵，所以我们要想方设法地去救治每一个人。

我们在驻地发现过眼镜蛇，就在检测车附近。队里立刻把这件事向大家传达，同时从医疗护理的角度做预案，马上做了被蛇咬伤的救治指南，做了一个标准操作流程，一旦发生情况，马上就能够解决。那一段时间里，队里要求大家吃完晚饭后不能一个人外出，至少要两个人结伴而行，而且一定要走没有草的地方。

我们是 3 月 21 号回国的，在塞拉利昂把正月十五也过完了。其实我们走的时候，心情并没有想象的那么急切，因为大家都在一起，心里还是挺踏实的，工作也依然井然有序。当时要派中国（江苏）援塞抗疫医疗队来，好几个护士长跟我说，给国内打电话请示一下，叫他们不用派人来了，舟车劳顿的，我们在这里已经适应了，再干两个月也没什么问题。

就我的体会而言，什么叫部队，就是在整建制出去的时候，什么困难都能克服，什么事情都有保障。可能吃的没有国内那么好，但是至少有保障，能从中深刻地体会到安全感，什么事都不怕，都可以通过组织解决，包括吃、喝、用等所有的事。像我刚才说的眼镜蛇事件，成了很严肃的事情，大家作为一个规定去执行，而且在我们驻地和医疗队冰箱里，备好了抗毒血清。

到了后期，我们的治愈率提升到了 50% 以上，整个国家控制疫情的情况也比以前要好很多，所以大家的重点开始关注治疗，同样都是高热，要排查出是疟疾还是埃博拉，当时还有相当一部分病人患有艾滋病，治艾滋病、埃博拉，其他的病也要治。塞拉利昂是疟疾高发区，所以我们也做防治疟疾的培训，只要觉得他们需要，就尽可能多地教给他们，尽可能把我们能够留下的东西都留给他们。

其他国家的医疗机构对我们的培训还是非常认可的。我们在第一次做培训的时候，正好赶上英国人来参观，来了 5 个人，当时我们不知道，其中一个女的，是负责整个培训工作的，她一边看一边拍。后来她还专门带人来观看我们的培训，觉得我们做得非常专业、规范。

# 一定要活着回来

护理组队员　顾梅蕾

家里吃年夜饭的时候，家人和我视频通话，就让我爸爸跟我说两句，我爸完全不敢看我，一看就说不了话，老泪纵横的，就赶紧挂了。他年纪大了，经受不起这份牵挂，内心脆弱得很。

我知道参加援塞医疗队的队员基本上都是主动请缨的。我当时在外面出差，护理部张昕主任给我发了一条短信：抽调你为第三批援塞医疗队队员，你意下如何？我当时马上回了几个字：服从命令，没有任何问题。军人的使命感和自己多年来形成的职业素养告诉我，这个时候一定要冲上去。已经有两批去过了，前方什么样，是不是危险，其实我们心里都很清楚。

第三批医疗队队员年龄都偏大，我也是这批护士长里面年龄比较大的，执行完这次任务，第二年就可能退休了，当时实在没有人了，才抽调我们。我们一般都比医生组的医生年龄大，他们对我们很尊重，很照顾我们，我们也会像照顾弟弟一样，在生活上，在其他方面，主动分担，做一些力所能及的事情，大家相处得非常好。

筹备战地春晚时，我们段惠娟队长也上去表演节目。当时练节目也

◎　“战地春晚”舞蹈表演《塞拉利昂战歌》

很辛苦，每天下了班回去，一般都练到很晚。那里当时是旱季，少风，不利于空气中污染物扩散，看不见蓝天。即使是晚上也很热，排练的时候一直在出汗。

队领导从来都和我们同甘共苦。我觉得队领导做得最好的一点，就是广泛吸纳大家的意见。我们有什么意见就直说，只要是可以采纳的、可以考虑的，领导基本上都能够满足，我们没有太多思想方面的负担。

我要是第二天上班需要进病房，头一天晚上就要自我安排早睡觉，保持充沛的精神和充足的体力。夏天睡觉睡不踏实，一个是蚊子多，一个是环境。可能是年龄的关系，一点点亮光都会影响我的睡眠，所以我得拔掉所有的电源。空调是必须开的，要不热得无法入睡，但是空调的指示灯让我晚上一旦醒来就会半天睡不着。晚上如果睡不好，第二天进病房就特别虚，进去以后就感觉马上要晕倒了。

出发之前，在模拟训练中心，模拟当地的气温，在里面穿脱防护服，基本上按流程走一圈就出来了，但是去了现场以后，进入真正的病区，必须与病人交流，无法限定时间。询问病史，做治疗，还要发放药品，碰到病重的病人或是特殊的病人，比如有的病人呕吐了，有的病人躺在地上了，肯定要有一个处理，不可能查看一下就过去了。我们的医生都挺厉害，英语特别棒，英语查房一点儿问题也没有，塞方的医务人员会做当地土语的翻译。

我两个月当中进病房至少也有 20 次，有时候病人多，一个小时都出不来，憋闷异常，整个人都晕晕乎乎的。我们的小伙子更爱出汗，刚把衣服穿好，就开始滴滴答答地流汗。我们的防护非常科学，跟“非典”那个时候大不一样了，那时还比较盲目，戴着 3 层棉纱口罩，还露着缝。特别庆幸的是，我们中国医疗队一个人也没有感染，说明我们科学防护做得非常到位，做到了“零感染”，这简直是一个奇迹。

总体来说，我觉得这是一生当中特别可贵的一次经历，回想起来，即使点点滴滴也激动人心。现在想想队里的很多决策，真的是特别科学，大家也是指到哪儿打到哪儿。人如果是忘我、无私的话，那就太强大了，可以战胜一切。当时去的一个主要的想法就是要活着回来，为了这个，告诉自己饭一定要吃下去，睡眠一定要想办法调整。有些事别人帮不了你，得靠自己调整。

我们孟组长经常说，老觉得你们年纪大，怕体力不行，没想到，反倒成了老的照顾小的了，这是没有想到的。后来我就说，最重要的一点就是心态。

我去塞拉利昂的事儿一直没敢告诉我的父母。但这事儿最终还是让我妈知道了，她问我要去哪里，我当时很纠结，不告诉她也不行，如果跟她说出差，那个地方两个月可能没有信号，就算能给她打电话，但过年肯定不行，因为她知道我的日常动态，于是我就对妈妈说了。说了以后，没想到老太太特别支持，但是我估计她得有几天睡不着觉。后来老太太为了和我联系，70多岁学会了用微信，她想我的时候，就会在微信上写字，或者是发点儿东西给我。

因为时差的缘故，每天晚上10点，相当于北京时间的6点，我妈会准时跟我联系。我就会等老太太，她那个时间就给我发微信，给我说事儿，跟我聊聊天。她的视力也不好，曾经动过一次白内障手术，看手机屏幕就会流泪，就这样还要和我微信聊天，给她一发照片，她就高兴得不得了。

我爸以前是在团场写团场志的，文笔特别好，他专门给我这次援非写了3首诗，我能感觉到他的诗是含着眼泪写下的，他平常很少流露对我的感情。我觉得，老人对孩子的挂念，真的是打心眼儿里的思念。家里吃年夜饭的时候，家人和我视频通话，就让我爸爸跟我说两句，我爸完全不敢看我，一看就说不了话，老泪纵横的，就赶紧挂了。他年纪大了，经受不起这份牵挂，内心脆弱得很。

## 意　　外

护理组组长　孟玉华

我就在咱们来回走的路上给你选一个山头吧，一旦回不去了，你说埋哪个山头就埋在哪个山头。

有一次，我们一组人坐车去上班，路上有两个医生相互开玩笑说：“我就在咱们来回走的路上给你选一个山头吧，一旦回不去了，你说埋哪个山头就埋在哪个山头，要不然我就砍棵树，把你烧了，我背两根大腿骨回去。”在那种环境说出来这样的话，大家表面上哈哈一乐，但心里还是带着那种悲壮和紧张的感觉。

最开心的是吃一次饺子。在国外吃一顿饺子，那是很不容易的，而且是中资企业自己种的韭菜送过来的，鸡蛋是当地采买的。

◎ 在塞拉利昂难得吃上一顿饺子

有一次在食堂里，队友拿一把其他单位的红外体温枪给我量体温，结果一量体温就报警，那次是真的害怕了。回去以后，我觉得红外体温枪毕竟不太准，又拿队里发的水银体温计测量自己的体温，结果很正常。当时我怀疑是不是队里发的体温计坏了，之后，又拿出自己从家里带的一支体温计，一量还是正常，心里就觉得应该问题不大。又回想自己白天在中塞友好医院工作的整个过程，毫无问题，但心里总是不踏实。

然后我就不再和大家直接接触了，实行自我隔离。那天正好赶上我休息，第二天早晨睡醒了，还活着。然后又过了一天，再醒，还活着，然后我才敢出门。整整吃了3天的方便面。如果有谁来敲门，我就说在睡觉，主动自我隔离。

观察几天体温一直很正常，也没有任何症状，我才去上班。这事我也向领导做了汇报，她问我去病房有没有暴露，我说没有，她说那应该没有问题。她想让我抽血查一下，我说没有症状，查血是没有用的。一般不出症状，是查不出病毒来的。

随后我拿着自己带的饭盒吃饭，断绝与大家的接触。到第四天，我发现那把体温枪还在后厨，就问他们，这把体温枪放这儿干吗，有人说，这枪不好使了。这时，心里头那块石头才落下来，原来是一把坏的体温枪。

准备回国时，要确定先回国的人员，我们有一个护士，是跟着先遣组来的，我们也是犹豫再三，因为她是骨干，但最后决定还是让她先回。这个护士告诉我，她回国后，怎么也睡不着觉了，一直到我们回来，已经6天没有睡觉了，一闭眼睛，脑子里不知道想什么，也没有完全想在塞拉利昂的事情。但是那种紧张的状态，就是缓不过来。有人给做心理疏导，有人带着做运动，然后偶尔吃一点儿药，她大概吃了5天，人才算是缓过来了。

因为我们原来也是一个科的，我就问她怎么回事，她说真的不知道。我问她在非洲睡得怎么样，她说在非洲睡得好好的。我问她在非洲吃药了没有，我们确实给大家每个人都发了助眠的药，我从没有吃过，她说也没有吃，但回来吃过两次，吃完了就能睡着，但只要一醒，就再也没有睡意了。

我原来在北京的时候，觉就不多，习惯了这种工作状态。到塞拉利昂后，很快进入状态，凌晨3点多起床，就开始一直忙活，这60多天一直忙活着。

战地文化生活特别重要。到了那个国家之后，在那里举目无亲，文化是无形的、随时随地的，不管是数字的、纸质的。在那里什么也听不到，除了周围的这些人，没有任何信息渠道。有 Wi-Fi，但 Wi-Fi 有时候一断，就好几天没有。

其实那里的自然条件挺好的，景色很美。大西洋畔真的是太美了，在驻地的阳台上就能看到海岸。我们每天吃完饭，外面食堂那里有一个平台，像一个观景台，大伙儿就在那里跳兔子舞，大家一圈，所有男女一块儿跳，又简单又好玩儿，又锻炼身体，那个平台就是我们自娱自乐的地方。

◎ 练瑜伽

我们的刘育蕾护士长瑜伽练得很好，她是跟着三〇二医院瑜伽培训班练出来的，到了塞拉利昂后，她就带着大家一块儿练，工作之余，早上练瑜伽，晚上跳兔子舞。春节前有一段时间，大家在排练各种节目，挺忙活的，有时候排练到晚上 10 点多。我们这支队伍，所有的一切都自给自足，文化生活也搞得有声有色。

◎ 踢毽子

在那个地方工作生活过之后，会有感情的。首先它的环境很好，纯天然的。就在大西洋边，三面环海，窗外都是大海。而且那个海不像咱们到海边看到的海，都是大洋，一望无际的大西洋。海水是绿的，非常平静，沙滩是白色的。两个月来，我们每天上下班都路过著名的蓝茉莉海滩景区，但一直都没有下去看看。

我去执行这次任务的最大感受，就是我人变了。以前还计较一些什么鸡毛蒜皮的小事儿，现在都不放在眼里了，因为有过九死一生的经历。回来以后出去就这次执行任务进行业务交流，每次到最后一张幻灯片，我都会说，这次经历让我体会到，活着是一种态度，不是一种结果，需要我们积极地去面对，而不是被动地去接受。

回到三〇二医院后，有时中午在食堂 2 楼吃饭，还能看见播放医疗队援塞抗埃的纪录片，我一看到就会把筷子放下，等看完了再吃，满脑子在跑火车，想着那个时候的种种情景，一切都历历在目，就好像是昨天刚发生的，还是那么的生动新鲜。

# 他 山 之 石

防控组组长　庄英杰

在这次援非抗埃的行动中，外国医疗机构有很多方面很值得我们深思和学习。

一般情况下，国际上发生了重大传染病疫情以后，都要建立定点医院，或者是援助一些定点医院。非洲的国家，因为卫生资源有限，所以要依靠国际援助。根据传染病的疫情，建几个不同类型的中心：留观中心主要功能是筛查病人，对疑似病人进行检测，阴性就放回去，阳性就转到治疗中心；治疗中心是对已经确诊的病人进行收治；留观和治疗中心要承担两个任务，既要筛查，又要确诊，确诊的病人还要治疗。

疫情到了后期，专门建立了儿童埃博拉留观和治疗中心、孕产妇埃博拉治疗中心、埃博拉重症患者留观中心。

建立这些中心采取了三种方式：一是在现有的医院基础上去改建埃博拉留观或者治疗中心；二是把大型的公共设施改建成医院，比如体育场、警察学校；三是建立大型的户外医院，也就是所谓的帐篷医院。

在这次援非抗埃的行动中，外国医疗机构有很多方面很值得我们深思和学习。

很多国家派人去非洲治疗病人，同时也进行收集资料的工作，为的是对疫情有充分的了解。一般的新发传染病出现之后，流行病学的资料对新出现的传染病研究非常重要。比如这种病的潜伏期多长，病人主要的临床表现是什么，多少人发热、腹泻、呕吐，还有没有其他的症状，甚至包括病人的性别、年龄、职业、地区分布，人群上有没有什么特点，性别上有没有差异，等等。

通过流行病学的调查和研究，从群体上找到规律，对临床诊断治疗抢救病人，特别有指导意义。比如为什么抗击埃博拉回来后要隔离21天？

通过流行病学的调查研究，埃博拉的最长潜伏期为 21 天。美国在那里建了疫情报告专线 117，为了把病人基础信息收集上来，比如姓名、性别、年龄、职业、籍贯、发病的时间、出现的主要症状，有确诊或者疑似病人都是通过这个电话来报告给他们。报告的内容都是专家事先设计好的，然后再进行统计，这个数据是全国性的数据，塞拉利昂各个地区的病人都报上来后，就可以从中找出规律，比如得这种病的是农民多还是工人多，是公务员多还是学生多，是男人多还是女人多，是大人多还是小孩多，等等。

我去了多家埃博拉留观或治疗中心，发现他们的模式跟我们不一样。比如我们医疗队是整建制出动，除了医务人员，还有战士、后勤人员和行政管理人员。我们基本上是从一所医院抽调，或者从各个省抽调。其他国家的埃博拉留观或治疗中心是由一个公司来承办，政府拨钱给他们或者由企业、私人赞助，公司在全世界招募医生，组成无国界医生组织。或者由基金会招募医生，可以招到各个专业的医生。

再就是物资保障不同，他们只带了最基础的物资。塞拉利昂国防部成立的应急指挥中心，还有英国驻塞拉利昂的部队，负责供应食品、药品及医疗设备。我国的医疗队，包括援助利比里亚和塞拉利昂医疗队，连一瓶酱油、一瓶醋都要越过千山万水地拉过去，运送成本很高。

他们建房子找的是建筑公司，或者是部队的工兵营，这样做比较规范。

国外的医务人员分工明确，医生只干医生的事儿，护士干护士的事儿。医生不会去搭帐篷，都由专业的人员来做，包括后期的维护保养也有专人来做。物资管理方面，咱们都是由医务人员、后勤战士、管理人员来管理，显然不够专业，比如说清理、清点，信息化管理的手段比较落后，人力、物力、财力上都有很大的损耗，国外都会请专人来管理。

装备方面，埃博拉病人的吐、泻物难免弄到病房的地面或者走廊上，还有个别病人不讲究卫生，在屋里大小便，医务人员进去就容易滑倒，咱们的靴子防渗漏倒没有什么问题，但防滑效果不是特别好。部队穿的

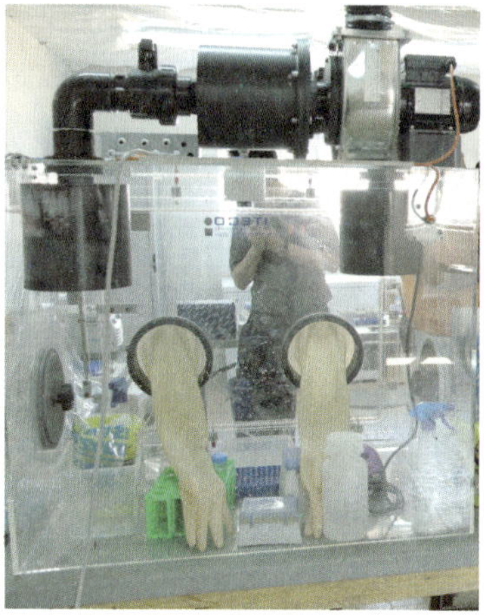

◎ 拉卡埃博拉治疗中心的手套箱

◎ 在塞拉利昂警察学校操场上建立的无国界医生组织埃博拉治疗中心

◎ 在拉卡埃博拉治疗中心，医务人员正在进行防护消毒

◎ 塞拉利昂无国界医生组织埃博拉治疗中心，晾晒消毒后的防护靴

服装都是迷彩服，我们去的时候，虽然是旱季，最低气温也 22℃，最高的时候达到 34℃、35℃。英军穿的衣服前后都透气，舒适通风，汗排得很快，医务人员工作起来舒适度更好。他们的帐篷里有夹层，里面有各种管道，夏天凉爽，冬天暖和，能够保证他们医务人员工作环境的舒适，不受当地气候的影响。

设备方面，在很多留观中心里，有搞培训的帐篷。怎么去搬运病人，怎么使用担架，怎么使用抢救的设备，他们都要培训。还有一些设备是我们没有的，比如焚烧炉，传染病患者的尸体是要求就地火化的，有焚烧炉就能及时处理尸体，安全规范。

检测方面，针对烈性传染病，国外现在通用的方法就是使用手套箱。

手套箱有两种，一种是一次性手套箱，用来配核酸试剂，防止核酸试剂遭到污染；还有一种是复用的手套箱，用来检测病人的血液标本，工作人员在里面操作，既节省了成本，又保障了安全。我们国家为检测要建立移动和固定的 P3 实验室，他们更简化，更节省成本。

在对留观或治疗中心区域的划分方面，他们用钢管、铁丝网或塑料网，把传染病区域划分得清清楚楚，用那些网子把传染病的“三区”，还有清洁通道、污染通道，都划分出来了。再配上各种标识，无论是医务人员还是患者，在这个传染病病区里，既不会走错，又防止了人员交叉感染。

消毒方面，我们使用的还是原始办法，因地制宜，手工操作，各个分散点配消毒剂，用塑料桶、塑料箱来配制，由于含氯消毒剂刺激的气味大、腐蚀性强，对我们医护人员伤害很大，而且如果配制消毒液不规范，容易出问题。国外都采取集中配制、集中供应，由专业的人员配制消毒液，通过管道，供应到各个地方。设备先进，使用起来也科学合理，这是国际上通行的做法。

我们负责公共卫生、突发事件处理的专家以及研究流行病学的专家，都应该去他们那里参观学习。针对这次西非的埃博拉疫情，美国大概派了 4000 人，其中 2800 名士兵在维护秩序，另外 1200 名科研人员在那里进行调查，进行学术交流，对塞拉利昂埃博拉后期怎么去建社区医院、再出现病人应该怎么处理都进行了规划。

世界卫生组织印制了一本关于传染病知识的口袋书，大概有上百页，几乎包括所有的东西，用起来既方便又实用。那里面不光有文字，还配了很多图，中国人也好，英国人也好，塞拉利昂人也好，古巴人也好，只要懂英语，看里面图示的各种操作，都可以看明白，科学实用，更具有操作性。

各国的留观或治疗中心非常人性化，病人是允许探视的。只要距离隔离网 2 米远，是绝对不会传染上的。病人在得病后，家属或是亲戚朋友去探望，对病人是心理上的安慰，有利于恢复健康。另外，他们还招募埃博拉康复者，来陪护生病的孩子。

我们医院最好的创新就是设有视频监控设备，可以对病人的病情、病人的活动进行不间断的检查，监督塞方保洁人员消毒，对我们的医生护士的个人防护给以监督提醒。还有我们医疗队的运动照相机也非常有创意，能够把医疗区域里的一些影像资料留下来，特别珍贵。

塞拉利昂国际会议在处理突发公共卫生事件上非常科学，每周开四五次会，在那里主要交流各所医院的情况，让大家相互了解，介绍自己的经验。各国的官员也好，医务人员也好，都能从中学到很多的知识，比如一些特殊情况的病症，他们碰到了，做了介绍，我通过学习，再见到这样的病人就有经验了。这是一个很好的平台，除相互交流这些问题外，同时还可以听取专家的报告。我们为什么能去很多留观或治疗中心参观，就是通过这个会议相互认识了，然后发邮件邀请、申请，再互相参观学习，把沟通的渠道建立起来了。

## 绝不放弃一个病人

看到可爱的熊猫，富拉尼努力地伸出手来，储芳把熊猫玩具放进她的手里。

2015 年 1 月 20 日，队员储芳第一次独立上岗。这一天，一个名叫富拉尼的小女孩因为感染埃博拉病毒被送到医院。由于是自己第一次直接接触埃博拉病人，储芳还是有些紧张。她查阅了孩子的病历，才知道富拉尼已经 11 岁了，但由于疾病和营养不良，瘦弱的她就像六七岁的孩子。

富拉尼虚弱地躺在病床上，深陷的眼睛中透出乞求的目光，嘴角微微抖动，但又很快闭上了。储芳在心里已经把她看成自己的孩子，急切地走到富拉尼的床前，轻轻地抚摸着富拉尼的脸，她把一些零食放到床前，

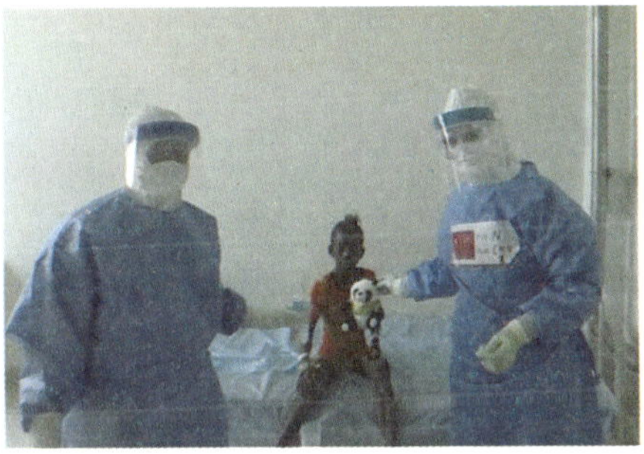

◎ 储芳（右）为11岁的埃博拉患者富拉尼送去熊猫玩具

◎ 纪东与熊猫宝贝富拉尼合影留念

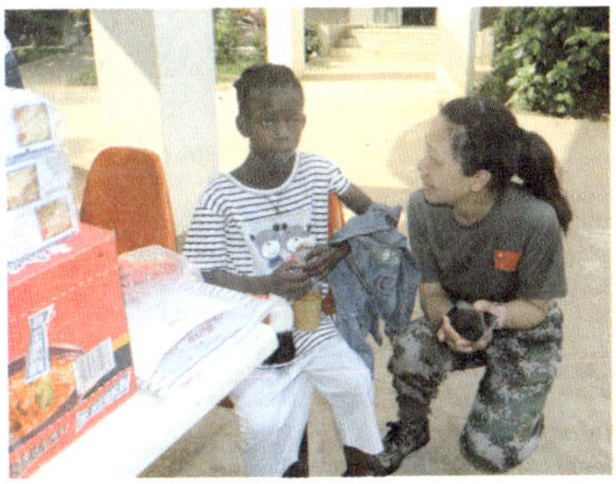

◎ 富拉尼与队员陆荫英在交流

◎ 富拉尼康复后与队员合影留念

告诉富拉尼要振作起来，懂事的富拉尼点了点头。储芳检查完了所有的病人后，回到药房，在一个角落里，翻出一只可爱的毛绒熊猫玩具来。她再次回到病房，虽然隔着厚厚的护目镜和面屏，但富拉尼还是认出了储芳。看到可爱的熊猫，富拉尼努力地伸出手来，储芳把熊猫玩具放进她的手里。

从此，富拉尼被称为“熊猫宝贝”。储芳时刻关注着富拉尼的病情变化，每次查房，都要在富拉尼那里多停留一些时间，时不时地给她送去巧克力、饼干、火腿肠什么的。在储芳等队员的精心护理下，富拉尼一点点地恢复了健康，在安静的病房里，有时还能听到她的歌声。终于，富拉尼 1 月 28 日康复出院了。

2 月 17 日，中心接收了一位特殊的小患者，当医师组组长段学章询问他的病史时，小患者瞪着乌黑的大眼睛，一副茫然的样子。经过与塞方护理人员沟通了解，小患者原来是一名聋哑儿童，没有人知道他的名字。后来队员们给他起了一个很有意义的名字——西塞，即西非塞拉利昂的简称。

护士长孟玉华第一次看到西塞的时候，很是难过。当时，小西塞光着脚，上身赤裸。孟玉华赶紧找来一套新衣服，就在为小西塞换衣服的

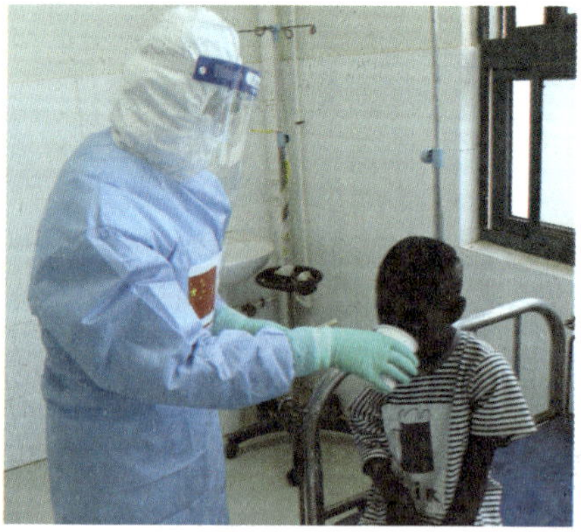

◎ 孟玉华护士长给小西塞喂营养素

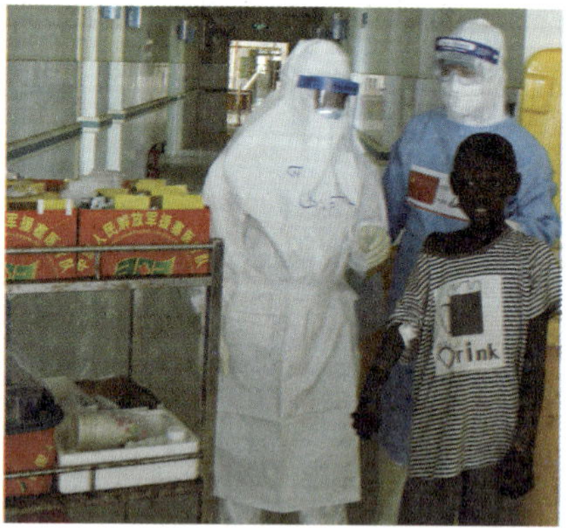

◎ 查房时小西塞跟在队员们后面

时候，她发现小西塞两只手腕和头上各有一道深深的伤口，之前因为没有及时清创缝合治疗，3 处伤口已经溃烂感染，不断有脓液流出，两只手的肌腱也断裂了，胳膊向下低垂着，已经肿胀起来。

医师组组长段学章拿来碘酒，仔细为小西塞拭去脓液，清创消毒，包扎伤口，还为他进行了静脉输液抗感染治疗。孟护士长沏上一杯浓浓的营养素，一勺一勺地喂到孩子口中。每次队员们走出病房，都会发现小西塞站在门口依依不舍地望着他们，他的眼神里充满着感激、渴望和害怕。

八天八夜的精心治疗和温暖关怀，小西塞渐渐恢复了健康。更让人高兴的是，经过检测，小西塞为阴性患者。当小西塞离开医院时，就像一匹快乐的小马一样。

2 月 10 日，35 岁的卡马拉因确诊埃博拉病毒感染被送到了中塞友好医院埃博拉留观诊疗中心。因为曾患小儿麻痹症，体弱多病的卡马拉一直头痛发烧，不停地呕吐，很快陷入深度昏迷，极度虚弱，生命垂危。

医疗队领导下达命令：不惜一切代价全力抢救。于是，一场生命的拯救就此开始了。医师组第一时间对他进行了输液治疗，考虑到卡马拉病情危重，果断地对他增加了营养支持治疗，护理人员调配好营养粉，亲自喂服以保证他有充足营养供给。

卡马拉的生命牵动着大家的心，经过 9 个日日夜夜的接力救治，队员们硬是把卡马拉从死亡线上拉了回来。经过两次检测，卡马拉从埃博拉阳性成功转为阴性，逐渐恢复了健康。

2 月 19 日一大早，队员们为卡马拉准备好了新年礼物，包括衣服和食物，还有大红的中国结。上午 10 点半，卡马拉洗完了澡，换上了新衣服，中塞医务人员一起为卡马拉举行了一场简短的康复出院仪式。卡马拉一手拿着中国结，一手拿着出院证明，经过这次生死考验，他不停地感激道：“是你们救了我的命！谢谢中国！”

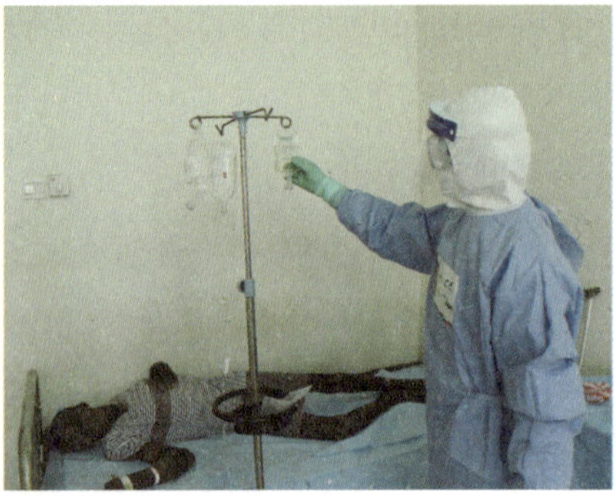

◎ 为卡马拉进行输液治疗

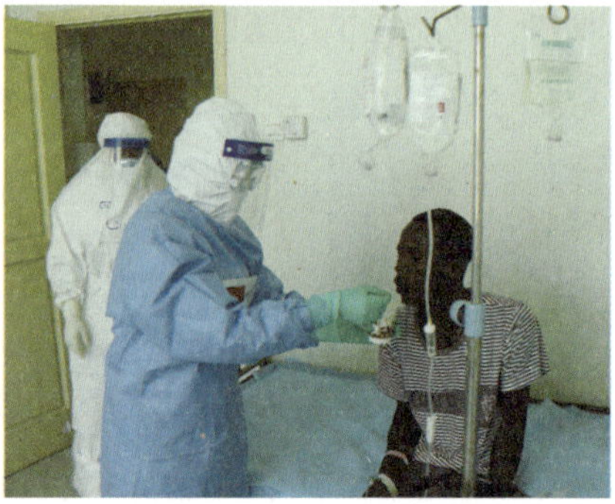

◎ 悉心照顾卡马拉

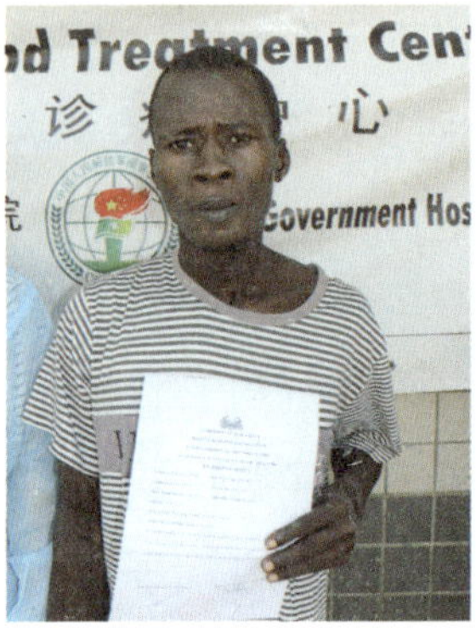

◎ 卡马拉领到康复出院证明

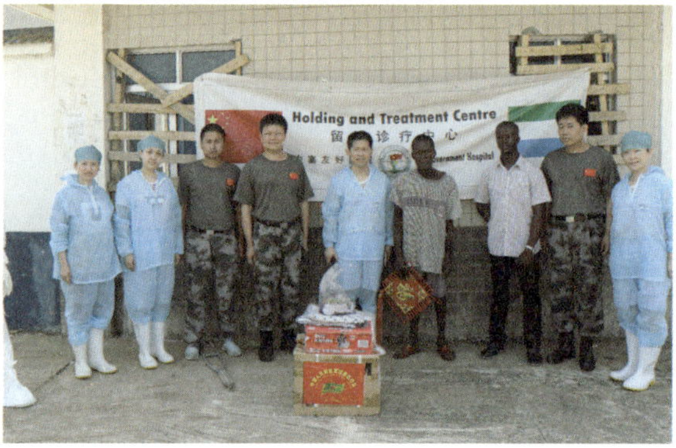


◎ 医疗队为埃博拉康复者卡马拉举行出院仪式

羊年大年初一，正当万里之外的国内沉浸在节日的喜庆中时，援塞医疗队队员们一如既往地坚守在各自的岗位上。医疗、护理、实验室检测、疫情监测、后勤保障各部门的同志们，顶着30℃以上的高温忙碌了一整天，回到各自房间准备休息时已是晚上 10 点多。一阵急促的电话铃声把陆荫英从放松的睡前状态惊起。

中国疾病预防控制中心外派的一名厨师同志在浴室摔了一跤，受伤了，请她马上赶去处理。当陆荫英赶到时，好几个同事已到场，大家面色沉重，疾病预防控制中心外派的随队医生对陆荫英说："伤口很深，出血也多，我们处理不了……"队里基本都是传染科的医务人员，只有陆荫英是半个外科医生。

陆荫英上前查看伤者，他生命体征平稳，除下巴伤势严重外，其他部位没大碍。随队医生已临时压迫止血，但鲜血仍顺着纱布往外渗，陆荫英打开纱布发现，伤者下巴处有6厘米左右的横行裂口，深度至少2厘米，而且伤口内还嵌入了陶瓷碎片。整个弗里敦根本找不到能处理急性创伤的地方，如果伤口得不到有效处理，伤员将面临失血、感染等严重并发症，在高温、卫生条件差、缺医少药的情况下，会出现生命危险。

医疗队后勤保障组的同志们找来了无菌敷料、麻药和简易清创包，但宾馆房间条件简陋，昏暗的光线下根本看不清伤口的具体情况，两位队员就面对面手持两只手电筒照明。接下来，消毒、局麻、清创、缝合、破伤风注射，陆荫英半蹲半跪着坚持了半小时，伤口被处理得整整齐齐，局部也不渗血渗液了，大家悬着的心也放了下来。这台临时手术成为陆荫英行医20多年来最难忘的经历。

2月26日晚上10点半，邵丽芳被孟玉华打来电话叫醒："邵护士长，赶快到C110室集合。"邵丽芳赶紧翻身跳下床穿好衣服，带上血压计、注射器、消毒棉签等物品冲出门。

不少队员也赶到现场，原来当地的一位同胞突发疾病，正在赶往驻地宾图玛尼宾馆的途中。根据对方来电说明的情况，段队长和几名医生、技师做了诊前分析准备工作，要尽量排查心肌梗死、冠心病等比较棘手的心脏疾病，做好B超机、心电图机等设备的调试工作……

说话间，两名同胞赶来了，其中一位满脸痛苦、全身大汗淋漓，说话都没有力气，情况十分危急。李雷医生先给病人做了心电图，基本可以排除心脏方面的疾病；接着又做了B超检查、测量血压等，最后确诊为肾结石。医生开完处方后，邵丽芳一刻也不敢耽误，赶紧给病人肌肉注射相应药品，希望能在最短时间内遏制病痛。

注射不到10分钟，这位同胞疼痛缓解，也终于能说话了："非常感谢大家！这么晚了，幸好遇到你们，否则我今晚就危险了。"为安全起见，防止病情反复，队员们建议他俩住在宾馆再观察观察，同时嘱咐病人要多喝水，身体有什么不适及时联系。

2 月 9 日下午，身体极度虚弱的蒂莫西被救护车送到了中心，当晚就被确诊为埃博拉患者。此后的 21 天，蒂莫西的生命就托付给了中国医生。

段学章说："蒂莫西刚来的时候，病情十分严重，我们去喊他的时候，他只能睁一下眼睛，就再没有什么表示了。只要生命迹象还在，我们就一定会坚持治疗下去。"

蒂莫西剧烈呕吐、腹痛、高热、头痛，段学章带领医生李文刚、高旭东、李雷等参照塞拉利昂颁布的治疗指南，一起为蒂莫西精心制订诊疗方案，进行精细化的对症支持治疗，包括改善凝血功能、补充电解质、增加胃肠营养等治疗措施……

由于蒂莫西病情危重，为检查肺部是否感染，医疗保障组组长孙志强与詹宁波、夏晖等队员，承担巨大风险，积极为蒂莫西进行 X 光影像学检查和抽血检测等，并与国家检测队专家合作，及时为医生有效治疗提供数据支持。

蒂莫西身体十分虚弱，连喝水的力气都没有，队员们便亲自上前喂食，还将原为自己准备、在病房深受病人欢迎的营养素，也用到了蒂莫西的治疗抢救上。

1 天、2 天、3 天……1 星期、2 星期、3 星期，全体队员默默坚持着、努力着。然而，时间一长，蒂莫西不免有些泄气："医生，我还有可能活下来吗？"段学章多次向他讲解病情，李雷医生则对他进行心理疏导，这给蒂莫西带来了极大的激励。

20 岁的蒂莫西出生于弗里敦市，他还在母亲肚子里时父亲就去世了，母亲因难产死亡，从此他便与叔父及堂兄弟一起生活。初中毕业后，蒂莫西成了走街串巷、头顶一大堆衣物叫卖的小贩。

"每天能够赚 15000 利昂（约 3 美元）或 20000 利昂（约 4 美元）。我吃得不多，所以能够省下一些钱。"他回忆道。在那段艰苦的岁月中，蒂莫西省下钱从街上买了很多成龙、李小龙的电影光盘，他被中国功夫给迷住了。

“邻居家举行葬礼时，我们触摸了尸体。”蒂莫西说。随后他们的房子被政府隔离起来，每天都有人对他们的身体进行检查。“第一天，堂弟就因为发热被送到了一家医院；第二天，我也发热，然后被送到这里。”

在住院的 21 天里，蒂莫西总共接受了 6 次血液检测。“从强阳性到阳性，到弱阳性，再到阴性。”段学章说。尽管 2 月 22 日，蒂莫西已基本脱离生命危险，但之后一直呈阳性的检测结果仍然让人难以放心。“住院时间这么长的患者还是很少见的，一般而言，埃博拉患者只需十几天就能够出院。”

◎ 段惠娟队长向康复者蒂莫西赠送礼物

在所有埃博拉患者中住院时间最长的蒂莫西，终于等到了出院。他安静地坐在门口的椅子上等待着他的亲属。队员们怕没人接他，还

◎ 康复者蒂莫西（右四）练起中国武术

为他准备了 20000 利昂的交通费。

蒂莫西出院时，队员和塞方医务人员都来为他送行，还举行了一场简短而隆重的康复出院仪式，赠送他新衣服和一些他十分喜爱的食品。这一天，蒂莫西脸上一直洋溢着幸福的笑容，当场还与队员一起比画起中国武术。

3 月 7 日一大早，女队员们就起床了，她们在驻地宾馆采摘了一些鲜艳的花朵，精心编织了一个漂亮的花环，准备送给马上要康复出院的 80 岁老奶奶穆苏。

2 月 27 日，穆苏老奶奶坐着轮椅被送到中塞友好医院埃博拉留观诊疗中心，当时她呕吐、乏力，人已经昏迷，病情十分危重，当天就被确诊感染了埃博拉病毒。

队里很快就为穆苏老奶奶制订了详细的诊疗方案，相继开展了输液、抗感染、营养支持治疗和常规生化检查，对她进行体温、血压、脉搏等生命体征的实时监测。

◎ 队员们为穆苏老奶奶出院制作花环

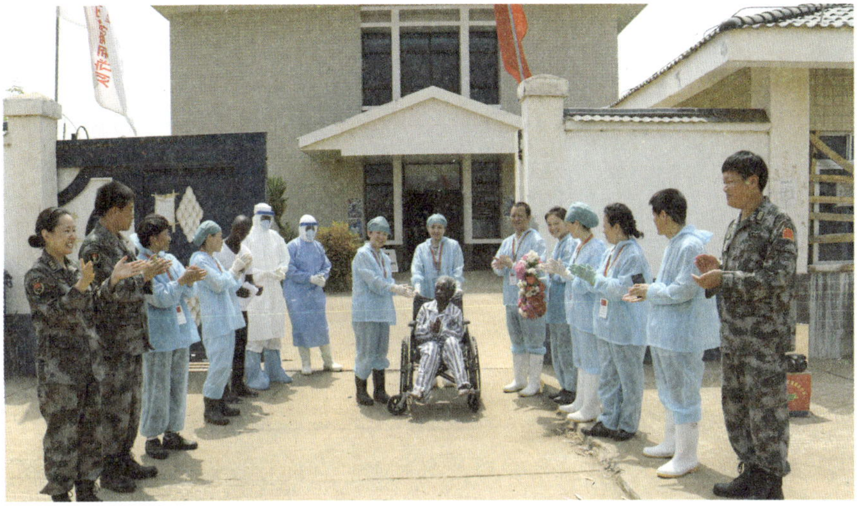

◎ 队员们列队欢送穆苏老奶奶出院

在救治穆苏老奶奶的过程中，一次查房让队员李雷感到震惊：“那一次，我和段队长带着塞拉利昂的护士一块儿进到病房里，工作了一个多小时，段队长气都喘不过来了。那天，恰好遇到穆苏老奶奶，她的病情很危重，说着当地的土语，只能通过塞方护士和老人交流。老奶奶身体很虚弱，很瘦，她一个劲儿地说疼，除了常见的埃博拉症状之外，她指着脚说痛。我检查老奶奶的脚，她的小脚趾跟第二脚趾之间的缝里面已经溃烂了，蛆虫正从溃烂的伤口不断涌出……看到这儿，我抑制不住地恶心。那个老奶奶疼得难受，我俯下身子，拿着消毒剂，给她临时消毒。后来每次值班我都给她做清创处理，把虫子驱杀出来，再用上抗生素。就这样多次换药，反复处理，直至她的脚伤好了。”

穆苏老奶奶身体十分虚弱，李晨医生、杨晓护士长帮她脱去污染的衣服，耐心地替她擦净身体，轻轻地扶起老人，将自己留用的营养素一口一口地喂给老人吃。

经过 8 天的全力抢救，穆苏老奶奶的病情逐渐好转，两次埃博拉检测均由阳性转为阴性。穆苏老奶奶是迄今为止三批医疗队收治的年龄最大、治愈时间最短的埃博拉患者。

听说中国医护人员就要回国了，3 月 11 日一大早，19 名埃博拉康复患者赶到了中塞友好医院。在联谊会上，队员们又看到了那些曾经一起度过艰难时刻的人。有可爱的“熊猫宝贝”富拉尼，热爱中国武术的蒂莫西，还有 80 岁的老奶奶穆苏，在家人的陪伴下，坐了 1 个多小时的车赶来。

这让医师组组长段学章万万没有想到，他说：“我们已成功治愈了 19 名埃博拉确诊患者，今天他们全都来了。”为了这个会见，埃博拉康复患者赛杜几易其稿，专门为医疗队写了一封感谢信，信中这样写道：

> 我代表弗里敦中塞友好医院的埃博拉康复患者，感谢上帝为我们创造了在这里聚会的美好时刻。今天对我们来说，是一个非常重要的日子，感谢国际医疗援助，尤其是中国政府在帮助我们抗击埃博拉的战斗中做出的伟大贡献。中国的专家们将个人生命置于如此高危险的环境下，拯救我们的同胞，我想大家都会从心底里感激你们……

还有一些不会写字的康复患者，纷纷找到当过老师的坎德克，让他来代为写下感谢的话语：

> 大家早上好，我代表其他不会写字的埃博拉康复患者，感谢中国政府派出这样一支优秀的队伍，来到塞拉利昂帮助我们抗击埃博拉病魔。中国在这里做了非常出色的工作，帮助我们从埃博拉病魔中走出来，帮助我们康复起来，真的非常感谢中国对塞拉利昂人民的帮助。

会后，援塞医疗队还为康复患者赠送了食物、衣服和药品等，19 名埃博拉康复患者还在医疗队队旗上郑重地签下了自己的名字。

## 一个人的团队

医疗队翻译　陆荫英

结果他们就在会场上放了我们集体合唱的视频，全场的人热烈鼓掌，当时我觉得这几个月的努力被认可了，心里特别感动。

我们9月份去的时候，是疫情的高峰期，全世界都很恐慌。

当时已经有很多国际组织在帮塞拉利昂抗击埃博拉，上万人在那里。美国疾病控制中心，七八十人，就干一件事儿，做咨询管理。整个疫情得到根本的控制，是大家的力量，中国力量只是其中一部分，要正视我们的作用。

医疗队外联的事情大都由我一个人负责。医院里的翻译工作，都是日常的、比较简单的，而且也比较固定，基本上医生护士自己就可以搞定。

我们进入塞拉利昂的第一天，我就参加了塞拉利昂国家埃博拉指挥中心的协调会。世界各国有关人员为此次埃博拉疫情来到塞拉利昂建立的医疗机构，或者是医院，或者是留观中心，总共有22家。世界卫生组织和塞拉利昂的政府要对这些机构进行规范化管理。每周星期一下午召开例会，例会上要收集收治患者的数据，收了多少病人，走了多少病人，病人在什么时候确诊，等等。

我们每天要给他们报数据，在这样的会上，各个国家都要展示自己的优势，而且每个星期都要评比打分，中国队在我们去之前数据不怎么好看。他们就会让你来解释，为什么你的指标比别人差这么多。这个问题让我很痛苦。第一次参加会，参会的大都是欧美国家，亚洲只有中国派遣了医疗队，日本、韩国要么给钱给物资，要么派人加入到别人的队伍里。我周围全是金发碧眼，就我一个黑头发黑眼睛黄皮肤。所以中国队如果有什么问题，就很显眼。

每个星期数字指标都是他们统计的，开始我们排在后面。针对这个情况研究后，我发现是我们对外交流出现了问题，比如他们的规章制度你不懂，你只按照自己的模式来做，就够不上他们的条条款款。他们有一整套工作管理模式，你就要跟他们去磨合，发现问题进行调整，适应他们的工作模式，成绩不就上去了吗！

那个时候管理比较混乱，各个医疗机构都在那里，塞拉利昂卫生部底下也设有很多点，有收集数据的，有管理疫情的。一般人可能会想，这不是传染病吗，派医生护士把病治好了就完了。但其实这是一个庞大的体系，为什么落后国家处理不了疫情，就是因为这个。在疫情防控过程当中，其实救治病人只占一小部分比例，更多的工作是，病人患传染病送来了，与病人接触过的那些人，要把他们找出来，找出来还得进行隔离。隔离后这些人吃什么喝什么？怎么管理？每个隔离区怎么消毒？还有，死去的人怎么埋葬？在会上会讨论很多事，你的病人来了怎么处理的？怎么防护的？怎么汇报的？比如我们收治了一个病人，那么这个病人跟谁接触过？这个信息采集不详细的话，会给后面管理检测的人的工作带来很多麻烦。

他们管我们的医院叫 Jui（Jui Hospital，中塞友好医院的简称），一说到 Jui 就是指中国。我们在收治病人的过程当中，确实容易出问题。比如，一个病人送来了之后，实际上他跟 3 个人接触过了，如果信息采集不全，因为语言交流不畅，只问出一个人，还有两个没有问出来，那么那两个可能就成了传染源，有传染很多人的可能性，那就是你中国队的工作失误了。

我们中国队有检验室，检测技术水平要求很高，有些机构没有条件检测，我们就会收别的中心的血来化验。在这个过程中，出现问题也得我们协调。因为医疗牵扯到各个环节，即使这个工作不归我们管，只要牵扯到，我就要代表中国队回答所有的问题，这就要求我对各个方面，包括临床治疗、检测、疫情防控等整个体系都非常清楚。

中国队前两批医疗队指标上不去有诸多原因，其中一条是没有适应他们的体系，比如一个病人来看病，你处理不得当，病人就投诉你；比如你跟不上他们的进展，因为世界卫生组织介入以后，整个防控西方国家的效率非常高，他们在不停地改变管理模式，甚至每个星期都在变，根据疫情变化而变化，就要求你与他们实时对接。要是对接不上，你的管理就跟不上，你的指标就会掉下去。这就牵扯到与他们关键人物的沟通问题，你得搞清楚他们是怎么变的。最后经过努力，过年前那个星期，我们抗埃数量质量指标变成第一名，只花了 5 周的时间，从一般变成了第一，实在是不容易。

他们的指标要考察这个病人来了之后，24 小时以内诊断清楚了没有。诊断明确后，24 小时之内有没有送到相应的地方去。考验的是对疫情反应的速度以及工作效率。只有这么快，才能减少传播的概率，才能给病人提供合适的治疗，才能减少死亡率。还有病人的接收，你今天收了多少病人，昨天收了多少病人，病人转出了多少。

到了第五周，我们就变成了第一名，后来我们一直维持在前一二名。牵扯到这么多方面的协调，刚开始非常痛苦，我原本不是干这些事情的。但简单说起来，其实就是工作方式的改变，实际上我们的工作质量非常高。但是用中国人的思维和工作模式套他们的框子是不行的，就得深入到他们当中，看他们是怎么做的，再调整我们的工作方式。我每天都会问我们报数据的队友怎么报、几点报，拿到化验单怎么处理，然后根据指标考核要求调整我们的时间。

一个星期或者一个月，世界卫生组织会对上报的数据例行检查一次。我们实事求是地上报，几点几分收了多少病人，病人的诊断是什么，化验结果怎么样。数据不会存在问题，都是实打实地报。人命关天，如果想瞒报，那可不得了，影响巨大，大家不会冒这个风险。没有人会为了赶指标，去弄虚作假，尤其在传染病这个行业，没有人敢做这样的事，错了就是错了，如果想要掩盖什么，将会产生很大的负面影响，那是想象不到的，假如一个病人漏报了，将会牵扯到多少问题啊！

我刚开始去的那一两个星期里，每天睡三四个小时，得把所有的关节弄清楚，我不是做这个领域的，有很多单词、概念，对我来说都是全新的。对我而言，首先要在一两个星期内把这个体系摸清楚——谁负责收集数据，谁负责计算，用什么方法计算，谁制定什么方面的政策，我们相关的汇报要找谁……

刚开始，中国医疗队老是排在后面。面对这种情况，我先摆正位置，得找到问题出在哪里，我们要以理服人，以实力服人。那里的管理者都来自英国国王大学，他们有很明显的优越感。但最后，他们变成了我的“粉丝”，他们说，你们做得太好了。他们还问，为什么中国队的数据从倒数的位置能提升到第一名，要我告诉他们具体的细节，那么大的提升是他们无法想象的，于是变得非常佩服。

塞拉利昂卫生部专门管理疫情的主席，负责管理所有医疗机构，一直对我们比较客气。我们走的时候，他请我到他家吃饭。当我把这件事告诉英国机构的负责人时，对方惊讶地说：“我在塞拉利昂干了这么长时间，还从来没有去过他家呢，你怎么做到的？”

我们每星期一在圆形会场开会，各种各样的协调会，包括国际媒体、世界卫生组织的所有协调会都在那里开。那个会场由英军负责管理，不能接电话，不能拍照，管得特别严。

我走的那一天，塞拉利昂卫生部病历管理委员会主席乌瑞博士告诉我：“我们要给你一个惊喜。”会议快结束的时候，他们在大屏幕上播放了我们医院拍摄的电影《天使——生命处方》的主题歌《雪白的爱》。我们在驻地宾馆办过春节联欢晚会，医疗队女同志在晚会上唱了那首歌，当时录了像。我把录像送给了当地其他中心的人，让他们感受一下中国文化，了解中国军人的气质。

结果他们就在会场上放了我们集体合唱的视频，全场的人热烈鼓掌，当时我觉得这几个月的努力被认可了，心里特别感动。随后，世界卫生组织临床管理中心的主任说：“为了感谢中国队，为了感谢陆荫英给我

◎ 塞拉利昂卫生部病历管理委员会主席乌瑞博士及全体驻塞拉利昂际医疗专家欢送陆荫英，并播放《雪白的爱》视频

们解决了很多问题，我提议，大家都站到台前来，和来自中国的军人代表陆荫英一起合影留念吧。”那真是无比自豪的时刻，意味着大家都认可中国了，那一瞬间，我觉得我的任务圆满地画上了句号。

想想刚开始，那些人真的很傲慢，瞧不起别人。但他们确实起点很高，素质也很高。后来通过一点一点地努力，我们医疗队变成了第一名，很大程度上，也是他们帮我们协调的。主要是要学会与他们沟通，比如在临床讨论的时候，我们每个星期会有一次病例讨论，就是拿很特殊的一个病例大家讨论，怎么诊断，怎么治疗，会有什么问题。每次在病例讨论会上，我都会提出比较有新意的想法，渐渐地赢得了他们的尊重。对病人诊疗，要将中国队的科研实力展示出来。

科研基本上是相通的，临床转换一下思维就可以了。我用自己的专业态度站在临床的角度去解决他们的问题，到后来有一个斯坦福大学临床专家每次病例讨论都会特意要求我发表意见。我每次都能转换成他们的思路，告诉他们这个问题还有什么节点，还有什么方法。在来塞拉利昂之前，我在地方踏踏实实做了6年的传染科医生，基础的素养和思维没有问题。

有时候往往是很简单的一个问题，比如，他们检测抽取的血样，有时候呈阳性，有时候又呈阴性他们搞不太清楚为什么会这样。我就从机制上告诉他，为什么会呈阳性，为什么会呈阴性，这个病还有什么样的问题，我们该怎么办。

后来埃博拉病人少了，大家都在商量怎么帮他们恢复医疗体系，我们就去调研，我经常走访各家医院，与他们建立起很好的关系。

我当时了解到，对塞拉利昂而言，除了艾滋病以外，乙肝是一个大问题。欧洲人没有乙肝，当地人和中国人一样，慢性乙肝发病携带率非常高，比艾滋病病人还高，比例达到 30% 以上。然后我就给他们讲中国乙肝怎么防控，乙肝、丙肝怎么治疗，乙肝导致的肿瘤怎么治。

记得我们回来的时候，人到了机场，有两个当地人负责安检，他们说："你是给我们讲课的老师，我们带你走 VIP 通道。"我在那边给他们上了好多次课，包括疟疾的治疗和防控，而且还上过他们的电视，所以他们对我有印象。

我接受过塞拉利昂国家电视台的新闻专访，就像咱们的《新闻联播》一样。我们要给当地的民众做宣传，鼓励他们，让他们明白虽然现在处于黑暗的时候，但我们会帮他们一起度过，埃博拉疫情一定会过去的。中国人民解放军援塞医疗队在塞拉利昂给当地人留下了很好的印象，因为我们实实在在干了很多事情。

宣传很重要。我们好意帮他们做了不少事情，但是有些非洲人并不理解，所以要去宣传和交流。我们写了很多东西，在报纸上发表，让中国的声音慢慢地传出去。同时也跟他们官方有很好的交流，当然需要一点点地去做。

◎ 塞拉利昂国家电视台专访陆荫英

回国以后，我们带队的段惠娟副院长就问我为什么能做成这么多事情。

我说，就是一点，我去了以后，完全实打实，不懂就问，每天拿着一个本子，你叫什么名字，你是干什么的，就记下来了。我会主动问他们，你们还有什么问题？需要我们怎么解决？我们中国队还有什么问题？我们还有什么没做到的？他们也挺有意思的，你如果谦虚下来，他们会把你当好朋友一样看待。

医疗队采取的是封闭式管理。刚开始的时候，美国疾病控制中心的人就告诉我说，你们中国很神秘，我们所有人都很好奇，你们在里面干什么。后来我就让他们过来看我们的春节联欢晚会，到我们这里来就餐。让他们知道，我们中国军人非常正常，也会高高兴兴地享受生活，不像他们想象的那样是一群怪异的人。最后我们打破了隔阂，让国际社会能够正确地认识我们。后来美国疾病控制中心还派司机来接我们去看他们的实验室，他们还是比较认可我们的。

我一个人在外面跑只能靠自己，刚开始 GPS（全球定位系统）也不太好使，有时候灵，有时候不灵，最后只能靠着地图跑，走一路，问一路。非洲是挺艰苦的，一个陌生的环境，安全也不能保障。我要出去接触各种各样的人，搞不清楚哪里危险，哪里不危险。

中国驻塞拉利昂大使馆的人告诉我，这次中国取得的成绩不小，国际社会一改原来对中国的看法。的确，我们在当地展现了中国的实力，并且也展现了中国人的精神风貌。中国队以一种友好开放的态度面对世界，取得了世界的认可；又通过自己实力的展现，站在了第一的位置，这是历史性的。我们有责任和义务向世界展现出中国的形象。

我还给塞方的工作人员放我们的军歌听，给他们讲中国丰富而有趣的文化。让他们从心里跟我们融到一起，从心里喜欢中国。我们去了以后，不光是传播医学知识，还需要告诉他们中国现在的变化。

这次援非产生了非常好的国际影响，展示了中国的实力。

回来后，我花了一个多月时间把埃博拉总结材料做了出来，包括一套片子和一本讲稿，在第 41 届世界军事医学大会上，做了主会场专题报告。报告会结束后，美国等各个国家军需代表团，都想要我们的幻灯片和其他资料。经过这次援非抗埃的行动，不仅在医学上，更在对中国的看法上，使世界一些国家有了很大的改变。

中国队去抗击埃博拉这个事儿，产生了长久的影响。中国队跨越几万公里来了以后，居然自给自足开了一所医院，然后帮塞拉利昂建立了固定的生物试验室。我们全靠自己，充分表现了我们国家的实力，

# 超级战士

医疗队副队长　刘　翀

**一踏上塞拉利昂的土地，他们立刻变成了神通广大的“超级战士”。**

在我们第三批援塞医疗队里，有6名年轻战士。于宏毅、卢海、解晨、徐晓宇4位是“大厨”，赵阳、闪占朝是2位驾驶员，他们是后勤保障组的队员。在去塞拉利昂前线之前，他们的身份是通信员、勤务员、驾驶员，但是，一踏上塞拉利昂的土地，他们立刻变成了神通广大的“超级战士”。在那里，这6名战士主要由我来管理，给他们安排各项工作，我们都比较熟悉。

于宏毅是炊事班班长，也是这几个小伙子中兵龄最长的老兵，他本是三〇二医院院务部通信站的一名老班长，性格比较沉稳内敛，技术娴熟过硬。卢海、解晨和徐晓宇则是院务部勤务汽车队的司机。来到塞拉利昂后，于宏毅和卢海两名“80后”班长带领解晨、徐晓宇两名战士，组成了保障医疗队的炊事班。之前，他们都和炊事班扯不上关系，有的甚至在家连厨房都没有进过。虽然出发前他们进行了为期一个月的集训——凌晨4点半，便到食堂开始跟着阿姨学做面点；中午，向大厨们学习如何配菜、掂锅和炒菜……但是，初到塞拉利昂，想象与现实的落差把这些“大厨”搞得有点儿措手不及，在集训时学到的本领只在主食方面用上了，炊事班遇到的问题不少。

塞拉利昂青菜品种很少，又都很老，往往买了几十公斤的青菜，择出嫩菜之后就所剩无几了。医护人员那么辛苦，青菜就那几样，炊事班的压力比较大。

菜品局限性大，于是，他们就靠花样翻新来增强食欲。清炒、白灼、酱焖、炝炒……炊事班把能想到的花样都做了个遍。有时于宏毅还会建议领导组织大家吃火锅，这样既方便，又能让队员们有新鲜感。炊事班还在每天提供的水果上下功夫，不断变换造型，让大家有点儿新鲜感。

当地的炒菜锅比国内的锅大了将近两倍，掂锅十分吃力，没办法，于宏毅只能带着战士硬着头皮上。驾驶员因为出车，吃饭时间不固定，常常过了饭点一两个小时之后才能回到驻地。但无论他们回来多晚，于宏毅都会嘱咐后厨一定要记得留饭。

卢海班长原本是车队勤务员，踏实老练，业务精湛，古道热肠。卢班长是地道的湖南人，做得一手正宗的湘菜。在赴西非前，细心的他想着大家要在异国过年，为了让战友们能感受到家的味道，他特意嘱咐家乡的老母亲提前熏制了很多腊肉和肉丸子邮寄到北京，他再从北京一路带到塞拉利昂。

在塞拉利昂，做什么事情都没有在国内得心应手，为了方便队友们剪发，卢海自带了全套的理发工具。那段时间，男队员的发型全部都是“卢氏制造”，队员们在理发后由衷赞叹：“这不花钱的比专业理发店剪得还有型嘛！”可别小看这“业余”理发技术，在疫区尤为重要和难得——既免去了队员外出理发的奔波，也避免了潜在的交叉感染，班长想得真的很周到。

解晨性格内向，害羞腼腆，沉默寡言，但他在自己主要负责的面点工作上踏实肯干，思维灵活。一个从来没有进过厨房的门外汉，迅速成为可以独当一面的“大厨”，这和他背后的努力是分不开的。

由于主食的蒸煮时间较长，解晨每天 5 点多就要起床，尽量让早点能够品种多样：馒头、花卷、豆沙包……当地天气十分炎热，蒸箱在蒸豆沙包的过程中总是往外渗水，本来揉得比较圆滑的豆沙包很快会“起泡”，软塌塌的样子就让人没有食欲。解晨肯动脑筋，很快找到了解决办法——在入蒸箱前，他就用菜刀把豆沙包压瘪，再在上边拧出花瓣的形状。这样新颖的造型，使豆沙包变得招人喜欢起来。

最初，解晨几乎每顿都熬白米粥，但了解当地的实际情况后，他便

◎ 情人节的玫瑰花卷

进行了调整。塞拉利昂盛产南瓜，于是大家的餐桌上多了南瓜粥。怕队员们中暑，解晨每天中午必备绿豆汤。

解晨和徐晓宇经常合作开发特色面点、小吃，让全队战友在紧张的工作之余，发出连连惊叹。徐晓宇聪明机灵、富有创造力，他的本职工作是驾驶员，别看他年轻、面带稚嫩，一举一动还像个大男孩，却爱心十足，心灵手巧。2 月 14 日，周六，队员们照常 6 点半起床、7 点半集合整队准备用早餐。刚一进饭堂，大家就被眼前的景象惊呆了——只见桌子上摆着一盘码放得整整齐齐的金黄色玫瑰花花卷。原来，这是徐晓宇为医疗队全体队员献上的“情人节早餐”。

为了保证工作人员上下班，给值班人员送饭，处理突发应急情况，外出会议交流、参观、学习等用车需要，医疗队配备了 3 辆汽车，但由于人手紧缺，驾驶员只有赵阳和闪占朝两人。

这里马路状况差，没有交通信号灯，没有道路指示牌，没有人行道，全靠交警人工协调交通。两名驾驶员凭借经验，谨记“一慢二看三通过”的原则，很快便基本适应了首都弗里敦大街小巷的路况。他俩每天顶着高温，冒着随时出现突发状况的危险，克服语言沟通不畅的困难，奔波在弗里敦的狭小街道上，在坑坑洼洼的道路上安全行驶了 2 万多公里，为战友们能够顺利完成每天的工作默默奉献着自己的力量……

赵阳负责驾驶班车接送队员们上下班，每天从驻地宾馆到中塞友好医院至少跑两个来回，单程约 40 分钟。他每天 6 点半起床，发车前认真检查车况，擦拭车辆；晚上收车后，将车辆进行彻底清洗、消毒，再次检查车况；因为当地蚊子很多，他每天晚上锁车前都在车里喷洒驱蚊剂，使医护人员在车内免遭蚊虫的侵扰。忙碌了一天，很多医护人员都会在回途中累得睡着，为了避免颠醒大家，赵阳时刻紧绷神经，尽量平稳驾驶。

在出车之外的时间里，只要需要他出把力，赵阳都会冲在前边。在驻地，他常常帮着做洗菜、摆盘之类的琐事；医院经常停电，一旦停电时间过长，不仅会损坏仪器，还会对病人产生直接威胁，他就变身成了“电工”，登梯爬高进行维修……赵阳总是这样照顾他人、忽略自己，他就不累吗？他额外多做的事情，不仅仅是因为有技术，更是因为他内心的责任感。

闪占朝是机动驾驶员，这就意味着他没有固定的出车时间，随时准备出发，一声令下说走就得走。弗里敦坐落在山区之中，盘山路、急弯、上下坡十分常见。闪占朝开车非常谨慎，他最怕的就是人车混行。有一次回驻地的路上，不知道发生了什么事情，道路上挤满了人。“就跟王府井步行街一样，车两边都是人，恨不得蹭着车身行走。”但是，不能随意按喇叭，只得越开越慢，车辆一度停滞在人群中，他生怕稍一加油就会冲倒一片……好在有使馆人员带车，否则他真不知道怎样才能通过险情。

白天还好，晚上在塞拉利昂开车非常惊险。因为马路两旁没有路灯，打近光根本无法全面掌握路况，打远光又影响行人和其他车辆，闪占朝只得小心翼翼地摸黑驾驶。

## 被隔离的日子

医师组队员　吉英杰

> 机场里有些人知道我们刚从埃博拉疫区回来，眼神里既有尊敬之意，同时又带着疑惧。

那一天有着非同一般的意义，我们解放军第三批援塞医疗队结束了在非洲塞拉利昂为期两个多月的埃博拉疫情防治任务，于 2015 年 3 月 21 日踏上回家的路程。

当飞机盘旋在北京郊区上空的时候，队友们难以抑制兴奋的心情。透过舷窗俯瞰北京的面貌，是那么的熟悉而又新奇。两个月的时间，我们改变了很多。我回到座位上，一边整理已经整理了好几遍的迷彩服，一边梳理自己的心绪，想把最严整的军容呈现给在机场迎接我们的人们。当飞机落下，滑轮接触跑道的那一刻，全体队员都兴奋地尖叫起来，欢呼起来："落地了……到家了……"然后大家不约而同热烈地鼓起掌来，沉甸甸的心总算落地了。

一下飞机，刚刚呼吸了几口北京的空气，我们就被要求戴上一次性外科口罩，经过机场体温检测后，从专用通道出来。机场里有些人知道我们刚从埃博拉疫区回来，眼神里既有尊敬之意，同时又带着疑惧。

随后，我们装好行李，上了接我们的车。走了很长时间，大家变得安静了很多，一旦踏上家乡的土地，就变得踏实了，真正地安全了。我们进驻了北京南郊大红门地区一个叫黄亭子的宾馆，前两批医疗队的医学观察地点是在北京郊外的凤凰岭上，虽然地点不同，但我们所面对的都是漫长的 21 天的医学观察。

这种医学观察是常规而必需的，是对可疑的传染病患者和曾经与传染病人或疑似传染病人有密切接触的人，按传染病的最长潜伏期采取的隔离措施，观察其健康状况，看有没有染病可能，以便使他们在疾病的潜伏期和进展期内获得及早诊治与救护，避免将病原体传播给健康人群。

对我们而言，这也是一个身体和心理调养期，在疫区长期的疲劳感和紧张感，不是一天两天能够缓解的。

到达黄亭子宾馆，已是中午12点了。国家卫计委、外交部和总后卫生部以及三〇二医院的领导们为我们举行了一个简短的欢迎仪式。按照医学观察的要求，仪式上没有献花，没有拥抱，也没有握手。仪式结束后，我们正式进入为期21天的医学观察。

医学观察是医学隔离的前一个阶段。在医学观察期间，如果有队员出现发热、虚弱、肌肉疼痛、恶心、呕吐、腹泻、皮疹、出血等症状，要第一时间报告医务管理人员并实施自我隔离，等待后续救治。如果21天后没有任何症状，就证明没有感染埃博拉病毒，可以解除医学观察。

医学观察采取的是集中休养、单间隔离的方式。每名队员单住一个标准间，一进入房间，我们就被眼前的一幕感动了。医院派来的工作人员早已把制作好的医学观察告知书放在桌子上，上面有提醒队员在医学隔离观察期间应该注意的各种事项，桌子上还整齐地摆放着体温计、口罩、食品、水果、日用品，还有七八种杂志和图书，都是精挑细选让我们缓解压力放松身心的书籍，几乎每个细节都想到了。

放下了沉重的行囊，也放下了各种复杂的心情，久违的轻松立刻席卷了我的身体，四脚朝天地躺在了软软的床上，两个月累积的疲劳、紧张、恐惧，当然还有感动、喜悦，纷至沓来，紧绷的神经彻底放松下来，剩下的就是沉沉的睡意，我迅速地进入梦乡，这是一个不再受惊扰的梦，最好是一次能补两个月欠下的觉。累了，实在是太累了，两个月来，我几乎每天只睡四五个小时，由于严重缺觉，我练就了一闭眼就能睡着的本领。

其实，队里像我这样一闭眼就睡着的还大有人在。在塞拉利昂的时候，后勤保障组的队员比较少，司机赵阳承担了全部开车接送医护队员去中塞友好医院上下班的任务。两个月中，他以娴熟的技术和饱满的精力，安全行车1万多公里，确保了医护人员正常执行医疗任务，为救治埃博拉患者赢得了宝贵的时间。隔离的第一天，赵阳竟然没吃没喝足足睡了一整天，楼道里回荡着他响亮的鼾声。

一下子放下那种高风险、高压力、几乎达到人体极限的工作，大多数人都有一种如释重负的感觉。在这里，再不用担心凶狠无比的埃博拉病毒的随时袭击，再不用穿着令人窒息的厚重的防护服面对埃博拉患者，再不用每天坐着颠簸的班车疲惫地赶往医院，再不用担心蚊虫叮咬染上同样致命的疟疾，再不用忍受吃抗疟疾药带来的恶心、呕吐、头晕、食欲不振，再不用担心使用没有过滤的混浊的自来水而被传染疾病，再不用担心突如其来的停水、停电、断网，再不用为了吃饭不合口味而发愁，再不用每天接受强烈紫外线照射……

在这里，每天大家一起床，问得最多的一句话就是“你昨晚睡得怎么样”，因为有些队员早已适应了在非洲高强度的工作节奏，头脑中那根神经始终紧绷着，回国后老是调不过来时差，无法放松下来，望着天花板就是睡不着，有的人要靠吃安眠药才能睡上三四个小时，不少人被“塞拉利昂时间”给搞乱了。

我有时想，在这短短的3个月的时间里，我们的经历有些难以置信，上半月还在中国，下半月就到了塞拉利昂，昨天还在塞拉利昂，今天就回到了中国，相隔十万八千里，只因一个埃博拉病毒，让我们如同穿越了时空隧道；在这短短的3个月时间里，有恍如隔世之感，3个月经历了3个季节，1月份走的时候还是北京寒冷的冬季，2月份在塞拉利昂体验的却是炎热的夏季（旱季），3月份回国的时候已是温暖的春季。

队里规定，隔离期间不准让家人亲友来探视，不准私自会客或外送物品。但是，对于我们这些已经到了家门口却还没有进家的人来说，21天显得格外地漫长和难熬。

到了第21天的时候，队里终于松口可以让队员家人来探视了，但规定只能在大门口见一面，为了家人安全不能近距离接触，距离必须保持在 1 米以上。得到这个消息，我马上告诉了爱人，一家人说当天要来看我，我心里激动万分。

◎ 李雷见到女儿，一把抱入怀中

我在隔离的院子里转了两圈，早早站在宾馆的大门前耐心地等着。临近中午，父母、妻子和孩子从远处走过来。我在大门的里边，家人在大门的外面。当看到年幼的孩子走近时，我的泪水忍不住掉下来，上个月她感冒了一个星期，也没怎么吃饭，整个儿瘦了一圈。这时，孩子喊着跑过来，想让我抱她，我连忙让妻子把她拦住了，虽然我很清楚自己身体没什么问题，但隔离还没有结束。20 分钟很快就结束了，一家人正准备离开，这时孩子说了一句：“妈妈，让我再陪爸爸一会儿！”这一句话使我的泪水模糊了双眼。

到了 4 月 10 日，我们的医学观察终于结束了，所有人都可以回归过去的正常生活之中了。

◎ 见到久别的儿子，褚静茹激动地哭了

# 重返塞拉利昂

# 我终于看见了阳光

首批援利医疗队先遣队专家、
中国（江苏）援塞抗疫医疗队副队长　姜天俊

他推开大门，正好阳光照射进来，
那一刻我感觉一切充满了神奇。

我在1998年就写过一篇关于埃博拉的文章，我们要追踪世界上所有的传染病，这是我们的职责，当时我就挑了埃博拉。这个传染病有这么高的复发率，都已经20多次，为什么会这样？有以下几个原因：一是病毒有生长的土壤，它就适合在这个环境里生存。每一种生物都有固定的存活范围，适合埃博拉病毒的环境就在非洲的热带雨林，有了这个条件它就可以存活。中国海南也有果蝠，但是它不携带这种病毒，可以说“一方水土养一方病毒”。二是当地人主要生活在热带雨林里，吃水果、打猎，所以与病毒接触非常密切，很容易被感染。三是国家的防疫体制不完善。其实中国在2003年之前也不完善，但是经历了“非典”之后就完全不一样了，可以说是改天换地，特别是传染病防控取得了很大的进展，我们已经建立了非常完善的疾病防控体制。

在疾病防控这方面，中国处于世界领先的水平，尤其在疾病早发现、早报告、早隔离、早治疗这“四早”上，处于发达国家的水平。东北大学曾经做过一个模型，根据上次埃博拉在全球流行的时间，以及流行排位中国排在16位，推断出2014年11月26号埃博拉将会传播到中国来。为此《人民日报》《健康报》还采访了我，我当时就说这个模型不可靠，那只是从数学模型上来推测。但他们忽略了一个重要的因素，我们国家建立起了良好机制，如果发现一个病例，很快就会控制住，不会等到蔓延到某种程度才去控制，所以不可能出现那样的后果。任何传染病的发生都有规律，有生物规律也有社会规律，当然还要看当地的防疫水平。如果防疫水平很高，最多算是一个零散孤立的病例，不会造成大的流行，埃博拉毕竟不是靠呼吸道传播。

埃博拉患者到后期，因为病毒血症，人看起来已经死了，没有任何知觉，但是过一段时间，他又会慢慢复苏。在这个过程中，他可以活动，但是他没有意识，他会到处走，会抓人咬人，这就是所谓的“僵尸”现象。我在利比里亚的时候，有一次收尸队在收尸时，发现病人的手动了一下，我还拍了照片。当时发现这个人还活着，就赶快打急救电话，送到医院去了。

埃博拉疫情最早是利比里亚最厉害，但是利比里亚很快就控制住了。因为他们防控做得比较好，在那里大大小小有将近20个国际组织和国家，也包括中国在内，都早早进入到了利比里亚。没有想到的是，塞拉利昂后来居上，埃博拉病例越来越多，后来成了第一。

2014年12月10号我回国之前，利比里亚就宣布取消戒严，学校恢复上课了。那个时候塞拉利昂埃博拉病毒正在肆虐，随后非盟举行了会议，把所有非洲领导人叫过去，说你们看利比里亚怎么防控的，要学利比里亚的模式。然后开始加强防控，国际组织也抽调了一部分力量到塞拉利昂去。

这两个国家自然环境差不多，应该说，利比里亚比塞拉利昂更加贫穷，塞拉利昂的经济还好一些。到塞拉利昂以后，中国救援队收治了很多病人。虽然我们长期做传染病防控，经历过“非典”、“甲流”和各种各样的霍乱等传染病的洗礼，但面对埃博拉，我们的医生还是第一次。

我们去了塞拉利昂以后，因为在传染病防治方面有着较为丰富的经验，在治疗上做得比较成功，我们能够把它降下来。有一个指标就是血液里面病毒值的测量，病毒值越高，病毒的含量越多，说明病人病情越重，死亡率也就越高。CT值40是一个标准，40以上说明没有病毒，40以下是有病毒的，而且越低病毒越多。可以这么说，20以下算是高水平的，基本上没有活过来的。

曾经有一个病人才18岁，一家6口死了4口，就剩下他和后妈还活着。

他的后妈叫艾文，先是被送到我们中塞友好医院来了，有一天艾文在病房里突然哭起来了，因为我们新收治的一个患者正是她的儿子。当时那个孩子的病毒值就在20以下，塞方专门采集信息的医务人员，一看这么高的病毒值，认为肯定救不过来了。他就跟我说，现在填入院单，3天之内就要填一张死亡单。

我们中国医务人员想尽办法争取把那个孩子救过来，好在那个孩子身体还挺结实，那时，他人还没有进病房的时候，已经瘫倒在走廊上，我还拍了一张照片。我们让塞方的两个护士拿一把轮椅，把他抬到轮椅上去，喷溅式的呕吐、高热，极度虚弱，病情就到那个程度。护士拿一个纸杯倒点儿水放在他床边，他都没有力气拿起来喝。他的病毒值18点多，基本宣告死亡。

但我们对这个孩子还是抱有希望，那就是他年轻体壮，为此我们采取了免疫封闭治疗。我们去的时候，带了很多球蛋白加激素，一次给他用5支免疫球蛋白，再加上120毫克的氢化可的松，开始冲击他，连续冲击了4次，12小时一次，正好两天。结果这个孩子的体温开始正常了，不久就可以坐在床上了。当他能起身的时候，我也把照片拍下来了。等到第四天，这个孩子就可以下床了，他穿一条短裤，裸露着上身到处走。到第七天我们再测病毒时，数值已经恢复了正常。

这个孩子是在第14天出院的，·切指标都显示正常，当他出院的时候，我们还特意把塞方的记者请去了，我们和康复病人都拍了照。病人出院的时候，我们给他准备了一些生活日用品，他推开大门，正好阳光照射进来，那一刻我感觉一切充满了神奇。他出门的第一句话就是："太奇妙了，太不可思议了，我看见了阳光。"他说自己从踏进医院的这扇门时，就没有打算能活着出去，因为他的4个亲人都死了。他没有想到，他能够看到今天的第一缕阳光，如同天堂洞开。当时记者拍了很多照片，关于他的那篇文章被整个塞拉利昂的报刊都转载了，那是我们感觉最骄傲的时刻。我们回国之前，他妈妈也顺利出院了。这是中国医疗队水平的整体体现。

其实我们后来还用了一些抗病毒的药，还和美国相关机构联合做了一些科学研究。以目前的防治能力，如果再出现类似的疫情，绝对不会像这一次这样被动。

那个名叫安娜·克罗斯的英国女兵感染埃博拉后，她的国家非常重视，当时有 6 个国家都可以向她提供抗病毒的药。后来经过慎重的选择，用了中国的药。

我们第四批、第五批医疗队，三〇二医院都专门派出专家现场指导，只要按着三〇二医院已做好的标准流程去执行就完全可以了。

## 我的徒弟托尼

首批援塞医疗队队员、
中国（江苏）援塞抗疫医疗队队员　秦玉玲

与我们并肩战斗的塞方医护人员
也是我们的战友，同样不容有失。

25 岁的托尼是塞拉利昂政府从社会招募的大批抗埃博拉志愿者之一，主要负责中塞友好医院埃博拉病区的感控、清洁工作。2014 年 9 月，我随中国人民解放军第一批援塞医疗队执行任务时，第一次见到了他。托尼个头儿不高，身材消瘦，说起话来有点儿腼腆，但是特别爱笑，笑起来露出两排洁白的牙齿，好像从来就没有烦恼。但是很快，眼前这个“没烦恼”的家伙让我“伤透了脑筋”。

◎ 秦玉玲和托尼

作为埃博拉医疗志愿者，托尼的热情很高，但是他一点儿传染病防护经验都没有，完全不知道在极度危险的埃博拉隔离中心如何保护自己，甚至连最基本的戴手套、口罩都不当回事儿，能省则省，图方便，一副无所谓的“差不多先生”的模样，从专业感染控制的角度来看，这样的做法和意识基本已经“无药可救”了。

看着这样的徒弟，我真的是打心眼儿里犯怵。当时的塞拉利昂已经成为全世界埃博拉疫情的风暴中心，疫情发展几乎处于失控，每天新增确诊病例甚至达到上百人。在极度危险的疫情中，塞拉利昂全国有将近一半的医护人员都牺牲在了一线上，我们医疗队是在最为危急的时期开进抗埃博拉最前线的，大家的心理压力都很大，工作上容不得一点儿闪失，要做到“打胜仗、零感染”岂是易事，而且与我们并肩战斗的塞方医护人员也是我们的战友，同样不容有失。鉴于这种情况，我只能硬着头皮对零基础、散漫随意的托尼实施最强硬的改造计划。

我们的流程非常严格，比方说戴手套，托尼开始的时候拿起橡胶手套就要套，我赶紧对他说“NO”，教他先对着手套吹气，确认不漏气后再往手上戴；托尼用脚使劲踩清洁桶，我赶紧制止他：“NO！”向他解释清洁桶盖快速弹起，容易造成细菌飞扬，带来污染隐患，应该慢慢踩，让清洁桶盖轻轻弹起。还有一次，眼看着他套上防护服就往模拟病房里冲，我一把把他揪住，命令他做几个蹲起动作，反复确认全身没有一丝肌肤暴露在空气中才放行。结业时，托尼和其他几位同事更是被我“NO”了好多次才算过关。对于我的严厉，起初托尼并不理解，觉得我这个中国老师过于挑剔，不近人情，还给我起了个外号，叫“Madam No”（NO

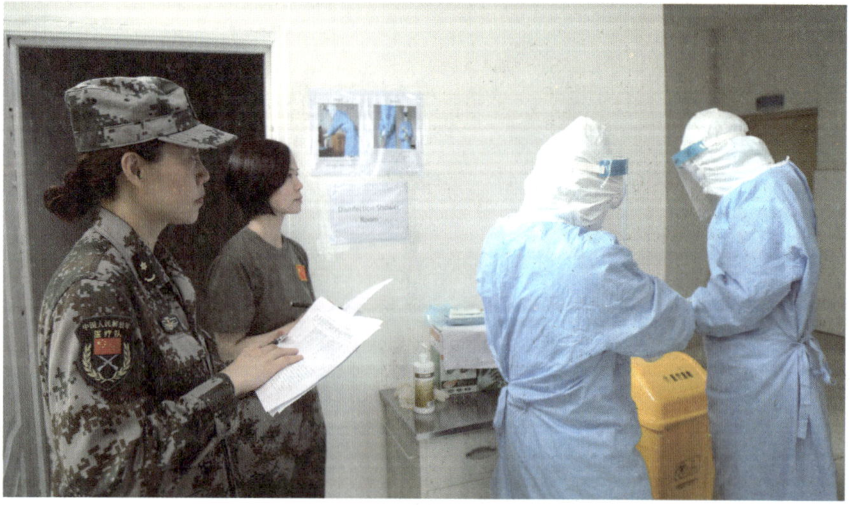

◎ 第一次执行援塞任务时秦玉玲考核托尼

老师）。

就这样磕磕绊绊，我这个“NO 老师”带着那个让我头疼的当地人徒弟开始并肩战斗在一线。在形势严酷、不容有失的抗埃现场，我们这对师徒逐渐找到了状态。当看着肮脏的呕吐物、尸体和满带病毒的医用废弃物时，托尼显得有点儿手忙脚乱，我就在一旁向他伸出大拇指，为他鼓劲儿加油。透过厚厚的护目镜，他投向我的眼神也从恐惧归于平静，再到露出自信的笑容。渐渐地，托尼的工作开始做得有板有眼，终于找到了感觉，他发自内心的乐观精神和无所畏惧的态度也在激励着我，每每看到他精疲力竭时仍带着纯真的笑容，我低落的情绪就会振奋起来，心里充满了无限的希望。

很快，两个月的时间匆匆而过，我们就要准备回国时，托尼特别依依不舍，他专门跑来找我照了一张合影，不擅言辞的他在照片背后写着：“谢谢你为我们国家做出的贡献！感谢 NO 老师！”

今年刚过完年，我突然又接到重返塞拉利昂的任务。短短 1 个月的准备之后，2015 年 3 月 14 日，我又回到了全世界埃博拉风暴中心、曾经战斗过的塞拉利昂抗埃前线。在家休息的托尼听说我回来了之后，专程带着礼物跑到医院看望我说：“NO 老师，我已经当上了保洁队负责人的助理了，而且还到其他医院去讲授埃博拉疫情防控知识呢！”看到当初那个毛手毛脚的“问题学生”现在已经成为医院的主力时，作为他的启蒙师傅，我感到无比的骄傲。

接下来的两个月里，我们再度并肩战斗，密切合作，我们经常在一起探讨问题、洗消医疗用品、清理废弃垃圾。这个时候，已经肆虐超过一年的死亡病毒疫情终于开始逐步好转，而我又要离开了。

2015 年 6 月，临别前，再次赶来送我的托尼握着我的双手动情地说：“NO 老师，你是我最尊敬的老师，虽然我们相距万里，下次不知什么时候能见面，但我会告诉身边的每一个人，我的老师在中国，她是一名出色的女军人，她冒着生命危险，两次来到我们国家帮助我们。”

我对他也有同样的感慨和不舍，在踏上行程的前夜，我在微信朋友圈里写道："陌生的国度，不同的皮肤，艰难的险境，我们曾相依相伴。亲爱的朋友，让我们一起携手，迎接胜利的曙光。不求你能记得我一辈子，只求别忘记你的世界我来过。不是每个擦肩而过的人都会相识，也不是每个相识的人都会让人牵挂，托尼算是一个……"

# “三〇二”人

第二批援塞医疗队队员、
中国（湖南）援塞抗疫医疗队副队长　杜　宁

2015 年 4 月之后，西非国家的埃博拉疫情逐步减缓。中国（湖南）援塞抗埃医疗队（中国第五批援塞医疗队）的主要任务是做好防控埃博拉病毒病的各项收尾工作，并协助塞方医护人员将中塞友好医院从埃博拉疫情留观诊疗中心转型为综合医院。

在防治埃博拉病毒期间，中塞友好医院从最初日均收治 2 至 3 名疑似患者增至日均收治 7 至 8 名。首位确诊的埃博拉患者是年仅 21 岁的哈金，她是为了照顾病重的母亲而不幸被传染的。高热、乏力、腹泻将这位美丽姑娘折磨得筋疲力尽，连我们递给她的矿泉水瓶盖都打不开。起初，她对自己的治疗失去了信心，无论我们怎么询问病情，她就是不吭声。队员们商量如何“身病心病一起治”，我和黄磊根据患者病情，制订了周密的治疗方案，李宁和杨滢则为她进行心理疏导。在医疗队全体队员的精心照料下，哈金的病情渐渐地开始好转。

6 月 12 日，她抑制不住喜悦之情，跳起热情洋溢的桑巴舞庆祝自己出院。哈金对我们说：“我被送来医院那天，就没想着能走出去。是中国医疗队给了我第二次生命，让我能跳着舞迎接新生活。”

功夫不负有心人，在医疗队全体队员无微不至的照顾下，3 位埃博拉患者都平稳度过感染期，全部康复出院了，埃博拉康复患者马瑞托拿到出院证明时，高兴地说：“是中国‘天使’救了我的命。”

治病救人要有一支专业的医护队伍，培训带教塞方工作人员是我们的一项长期任务，每批医疗队员都把这项工作列为重点。有一次，李宁穿戴厚厚的防护服进入病房查看患者病情，一位年轻女性患者由于病情严重，出现了明显脱水症状，塞方护士正准备为她输液补充水分，可在手臂上就是找不到可以扎针的血管。一名护士好容易在右手腕上发现了一条血管，消毒后马上扎针，但由于血管实在太细，非但没能一针见血，还给患者手臂留下个青包，患者疼得直喊，塞方两名护士急得满头大汗，不知该如何是好。在场的李宁马上上前，试图在患者的另外一只胳膊上找到能用的血管，但扎好止血带后，仍然没有看见可以建立静脉通道的血管。李宁又扎了一根止血带，终于发现了一根相对充盈的血管。就这样，塞方护士在李宁的指导下，沿着血管走向缓慢进针，终于为患者顺利地进行了补液。塞方护士对李宁钦佩不已，此时李宁已在隔离病房工作了两个多小时。

从 2014 年埃博拉疫情暴发，中国援塞医疗队把医院改建为埃博拉留观中心，又转型为留观治疗中心，收治了大量的埃博拉留观和确诊患者；2015 年六、七月份，随着埃博拉疫情的进一步缓解，我们又把这所医院恢复成原来的综合医院，重新配置了 100 多张住院床位，下设了内、外、妇、儿等科室，配备了 CT、X 光照射仪等大型检查设备，让这所综合性医院恢复原有的功能。

中塞友好医院从 2012 年由中国援建为当地最好的综合性医院，到埃博拉暴发时医院被迫关闭，从首批援塞医疗队改建中塞友好医院为埃博拉留观中心，再到第二批援塞医疗队将中塞友好医院留观中心转型为留观诊疗中心，从第三批援塞医疗队在中塞友好医院埃博拉留观诊疗中心全力收治埃博拉患者，到埃博拉后期将中塞友好医院的功能恢复为综合医院，我们“三〇二”人的确付出很多。

# 附录：中国人民解放军援塞医疗队人员名单

## 第一批（30 人）

时　间：2014 年 9 月 16 日—2014 年 11 月 16 日

队　长：李　进

教导员：孙　捷

队　员：黄显斌　王　姝　贾红军　秦玉玲　王新华　秦恩强
牟劲松　李志伟　王　冶　闫　涛　刘丽英　吴　丹
陈素红　孙　娟　李因茵　吴　尧　张洁利　张　悦
郭桐生　董　政　房吉祥　刁　锴　高　磊　黄云奎
单　勇　熊　峰　邹庆伟　陈　植

## 第二批（41 人）

时　间：2014 年 11 月 7 日—2015 年 1 月 21 日

队　长：陈昊阳

政　委：何　巍

队　员：戴　欣　苏海滨　袁　月　张　秀　刘　冰　金　波
杜　宁　徐　哲　滕光菊　张　健　孙李建　荣义辉
张　昕　黄　顺　吴建中　韩丽华　姚　红　霍翠华
王丽珍　于晓莉　李　亚　李　宁　宋　兵　宋　燕
林惠明　黄加干　杨　滢　冯　欣　王婉雪　秦　立
刘立明　田林怀　罗新疆　朱立良　苏　林　张建光
尹杰文　付启洪　刘希乐

## 第三批（43 人）

时　间：2015 年 1 月 14 日—2015 年 3 月 21 日

队　长：段惠娟

政　委：王锦秋

副队长：刘　翀

专　家：王福生　赵　敏

队　员：洪建国　陆荫英　庄英杰　谢小建　靳寸朵　段学章
李文刚　高旭东　纪　冬　王立福　李　雷　吉英杰
李　晨　孟玉华　苑　红　张惠英　杨　晓　储　芳
田　宏　凌宾芳　邵丽芳　顾梅蕾　王小艾　刘育蕾
褚静茹　刘利敏　宋雪艾　唐红梅　文　凤　孙志强
詹宁波　夏　晖　于宏毅　赵　阳　卢　海　闪占朝
徐晓宇　解　晨